乱箭武林

난검무림 3

초판 1쇄 인쇄일 2015년 4월 27일 ｜ **초판 1쇄 발행일** 2015년 4월 29일

지은이 용우 ｜ **펴낸이** 곽중열 ｜ **담당편집 팀장** 이범수
편집부 신연제 이윤아 김호성 김은경

펴낸곳 (주)조은세상 ｜ 출판등록 제 2002-23호
주소 경기도 연천군 미산면 청정로 1355
TEL 편집부 02)587-2966 ｜ FAX 02)587-2922
e-mail bukdu@comics21c.co.kr

난검무림

용우 신무협 장편소설

亂劍武林

3

NEO ORIENTAL FANTASY STORY

북두
(주)조은세상

NEO ORIENTAL FANTASY STORY

난검두림

NEO ORIENTAL FANTASY STORY

第1章.

乱劍武林 난검무림

第1章.

저벅, 저벅.

지상에서 지하로 내려가는 계단을 걷기 시작한지도 벌써 반 시진.

얼마나 내려 온 것인지 알 수도 없을 깊이이지만 아직도 남은 기관 진식이 한참 남았다.

경공으로 달려 갈 수도 있지만 그럴 수 없는 것은 정해진 절차를 거치지 않으면 즉각 발동하는 기관 때문이었다.

상당히 고된 길이지만 자영의 얼굴에는 변화가 없다.

그렇게 무려 두 시진에 가까운 시간을 투자하고 나서야 자영은 목적하던 곳에 도착 할 수 있었다.

상당한 열기가 느껴지는 지하.

"열어라."

"옛!"

자영의 명령에 문을 지키고 섰던 경비가 재빨리 수도 없이 많은 잠금장치를 해제하고 문을 연다.

쿠쿠쿵.

문을 열고 안으로 들어가자 좌우로 늘어서 있는 감옥들.

거의 대부분은 빈 방이지만, 간혹 아직도 갇혀 있는 자들이 죽은 눈으로 자영을 바라본다.

강기로도 쉬이 상처 입힐 수 없다는 만년한철로 만들어진 쇠사슬들이 그들을 묶고 있었다.

무림에서 어마어마한 가치를 인정받는 만년한철이 이곳에선 죄인들을 결박하는 데나 사용되는 것이다.

그렇게 좀 더 안으로 들어가자 경비들이 서 있는 문이 하나 더 나타난다.

문이 열리자 방금 지나온 길과 비슷하지만 조금은 다른 공간이 모습을 드러낸다.

있는 것이라곤 하나의 감옥 뿐.

바로 그곳에 쇠사슬에 온 몸을 묶인 채 벽에 매달려 있는 사내가 있었다.

온 몸 가득 상처를 입고 중요부위만 간신히 가린 사내는 엉망으로 자란 머리카락 때문에 얼굴이 보이지 않았지만 오랜 시간 이곳에 있었던 것인지 앙상하게 말라 있었다.

그 먼 길을 걸어온 것이 그 때문이었던 듯 자영이 그의 앞에 선다.

어느새 그의 곁으로 이곳을 지키던 간수가 물통을 가져와 사내에게 뿌렸다.

촤악–!

"쿨럭! 쿨럭!"

기침과 함께 정신이 든 것인지 고개를 드는 사내.

젖은 머리카락 사이로 보이는 그의 시선엔 독기(毒氣)가 그득하다.

"쿨럭! 누군가 했더니… 네놈이로군."

약해진 목소리로 말을 하면서도 자영을 보고 비웃는 사내.

그것을 묵묵히 듣고 있던 자영은 손짓으로 경비를 밖으로 내보낸다.

완전히 나간 것을 확인하고서야 입을 여는 자영.

"밖으로 나가고 싶지 않은가?"

"큭큭큭! 또 무슨 지랄 같은 조건을 내걸려고? 다른 놈들처럼 처분이라도 하려는 것이냐?"

우습다는 듯 비웃는 사내이지만 아주 짧은 순간 눈동자가 흔들린다.

그것은 어쩔 수 없는 일이었다.

이곳에서 얼마나 많은 시간을 보낸 것인지 그 스스로도 알 수 없었다.

밖을 볼 수만 있다면 당장 죽어도 좋다고 생각한 적도 있었지만, 다른 사람도 아닌 자영이 말했다는 것이 마음에 들지 않는 그다.

"약속하지. 이번 일을 성공시키면 네게 자유를 주마."

"…지랄하고 있네. 퉤!"

침을 뱉지만 물도 제대로 마시지 못한 그의 입에선 소리만 요란 할 뿐.

"이것은 나 혼자만의 약속이 아니다. 그분께서도 허락하신 사항이다."

그 말에 두 눈이 커지는 사내.

다른 사람도 아닌 그분의 약속이라면 믿을 수 있었다. 아무리 자영이라 하더라도 그분의 이름을 내건다는 것은 쉬이 할 수 없는 일.

"그 말… 사실이겠지?"

"그분의 이름을 내 마음대로 들먹일 수 있다고 생각하나?"

12

"큭큭큭, 그래. 그렇지. 그래서 내게 뭘 바라는 것이냐?"

우회적으로 승낙을 한 사내에게 자영은 품에서 무공서를 꺼내 그의 발치에 던졌다.

"이건?"

"익혀라. 네가 해야 할 일은 그것을 익힌 후 시작한다."

카카칵!

말이 끝나기 무섭게 자영이 손을 휘두르자 아무리 해도 끊어지지 않을 것 같던 쇠사슬들이 순식간에 끊어져 나간다.

휘청.

쓰러지려는 몸을 초인적으로 붙드는 사내.

자영의 앞에서 굴욕적인 모습을 보이지 않으려는 그의 의지였다.

"얼마나 걸리지?"

자영의 물음에 그는 웃으며 답했다.

"날… 누구라고 생각하는 거냐. 삼일이면 충분해."

"삼일 뒤 데리러오지."

"크큭, 크하하하!"

뒤돌아서는 자영의 뒤에서 크게 웃음을 터트리는 그.

무심하게 방을 빠져나가려던 자영은 돌연 몸을 돌리며 말했다.

"제대로 하는 것이 좋을 거다. '진짜'가 필요한 일이니까. 무영(無影)."

"날 그 따위 이름으로 부르지 마라!"

"그럼."

분노하는 무영을 뒤로하고 자영이 방을 나섰고, 문은 다시 닫힌다.

으드득!

이를 악문 무영이 자리에 주저앉으며 무공서를 집어든다.

"언젠가 네 목을 반드시 부러트릴 테다, 자영."

무영이 집어든 무공서의 표지에 적힌 두 글자.

혈공(血功)이었다.

†

"후… 좋군."

폐 깊숙한 곳까지 신선한 공기를 받아들인 무영은 만족스런 표정으로 저 멀리 보이는 종남파를 응시한다.

무영의 뒤로 늘어서 있는 수십의 부하들.

하나 같이 거친 기운을 흉흉히 내뿜으면서도 질서정연하게 서 있는 모습은 거짓말 같다.

얼굴을 가릴 생각조차 없는 듯 각색의 옷을 입은 그들.

드러난 얼굴과 피부마다 상처 없는 곳이 없었다.

금옥(禁獄)에 무영이 갇힌 이후 함께 투옥되었던 무영의 직속 수하들이었다.

본래라면 다른 팔영들처럼 많은 수하들을 이끌어야 할 그이지만 무영은 최정예로만 수하로 삼았다.

수하들끼리도 싸움을 붙여 승자만을 부린다.

그 덕에 숫자는 적지만 다른 팔영의 수하들과 비교 할 수 없는 실력을 지니고 있었다.

굳이 약점을 꼽으라면 역시 그 수가 너무 작다는 것이지만 정작 무영을 비롯한 그들은 크게 개의치 않고 있었다.

"마음껏 날뛰어라. 무림을 뒤흔드는 것이 네 임무다."

"흥!"

머릿속에 떠오르는 자영의 목소리에 무영은 코웃음 친다.

그러면서도 자영에게 전달 받은 사항을 잘 이행하고 있는 것은 모든 일이 끝난 후 자신에게 자유를 주겠다는 약속 때문이었다.

그것이 아니었다면 결코 자영의 뜻대로 움직이지 않았을 것이었다.

"시간이 되었습니다."

"그래? 그럼 가야지."

파바밧! 팟!

무영의 명령이 떨어지기 무섭게 자리에서 사라지는 수하들. 그들이 향한 곳은 굳이 말하지 않아도 알 수 있을 것 같았다.

수하들을 앞세워 보낸 무영은 느긋한 걸음으로 종남파를 향한다.

웅웅―.

혈공을 운기하기 시작하자 기이하게도 검던 그의 머리카락이 붉게 물들기 시작했고, 수염을 비롯한 눈썹까지 전부 붉어졌다.

펄럭!

겉에 입고 있던 옷을 벗어 던지자 드러나는 선명한 홍의(紅衣).

불길하게 빛나는 홍의를 입은 무영이 혈공 특유의 기

운을 뿌리며 움직이자 그제야 그것을 확인한 무림인들이 웅성거리며 길을 트기 시작했다.

그러길 잠시.

마침내 종남산의 입구에 이를 수 있었다.

얼어붙은 종남의 제자들을 뒤로하고 산을 오르는 무영.

완벽하게 혈마로 녹아든 그의 발걸음이 종남파에 가까워질수록 희미한 혈향과 함께 비명소리가 들려온다.

"크아아악!"

귀를 찢는 강렬한 비명에 무영은 웃었다.

"크크큭! 좋아, 아주 좋아!"

활짝 열린.

아니, 완전히 박살나버린 종남파의 산문을 넘자 보이는 것은 이미 죽은 종남의 제자들과 산문을 지키고 선 자신의 수하들.

그리고 바짝 얼어붙은 얼굴로 자신을 바라보고 있는 종남의 장문인과 제자들이었다.

오랜만에 취한 피 때문인지 눈에 보일 정도로 흥분한 수하들을 보며 무영은 크게 웃었다.

"크하하하하! 그래, 이거지! 아주 좋아!"

호흡을 크게 하며 혈향을 폐로 받아들이는 무영.

오랜 시간 갇혀 있으며 전장이 너무나 그리웠던 그였다.

다른 누구보다 싸움을, 피를 갈구하였기에 결국 금옥에 갇히는 신세가 되었던 그였다.

그렇기에 지금의 분위기가 너무나 마음에 들었다.

"네놈은 누구냐!"

우르릉!

내공을 가득 실은 외침에 시선을 돌리니 그곳엔 종남 장문인이 위협적인 기세를 내뿜으며 서 있었다.

그리고 보니 어느 사이에 종남파 전체를 포위하며 모습을 드러내는 수많은 사람들. 기척을 숨기는 진법 안에 있다가 장문인이 입을 여는 것을 신호로 밖으로 나온 것이다.

"큭큭, 재미있군. 역시 종남이라는 것이겠지. 하지만 안타까워. 정말 안타까워."

"으음!"

구구구—.

무영의 몸에서 붉은 기운이 피어오르며 온 사방을 휘감자 종남 장문인의 얼굴이 굳어진다.

단순한 붉은 기운이 아니었다.

혈마 특유의 혈기(血氣)였다.

"혈마의 재림이로고. 종남 제자들은 장문령을 받으라!"

"명!"

장문인의 외침에 일제히 대답하는 종남의 제자들.

그 우렁찬 기합은 듣는 이로 하여금 위압감을 가지게 할 것이었지만, 무영과 그 수하들은 무표정하게 바라만 본다.

"혈마의 흔적을 이곳에서 잠재운다!"

"존명!"

차창! 창-!

명령과 동시 각자의 무기를 뽑아드는 소리가 요란하게 종남산을 울리고.

그와 함께 무영이 입을 열었다.

"죽여. 한 놈도 빠짐없이."

차가운 명령과 함께 수하들이 일제히 움직이기 시작한다.

콰드득!

손끝으로 느껴지는 놈의 심장 박동에 만족하며 어렵지 않게 터트려 버린다.

제대로 된 비명도 내지르지 못한 채 죽음을 맞이하는 종남 제자.

주륵.

팔뚝을 타고 흐르는 뜨거운 피에 입을 가져다 대고 마시는 그.

"흐음. 그래, 이 맛이지."

정말 만족스럽다는 듯 웃는 그의 얼굴엔 황홀감마저 감돈다. 도무지 제 정신으로 보이지 않는다.

하지만 이것이야 말로 무영의 진정한 얼굴이었다.

"크아아악!"

"사, 살려… 악!"

온 사방에서 들려오는 비명소리.

그동안 수도 없이 많은 무공을 익혀봤던 무영이지만, 혈공은 그야말로 무영 자신을 위한 무공이었다.

그 어떠한 것보다 상성이 잘 맞았다.

왜 이제야 이런 무공을 자신에게 준 것인지 이해가 되지 않을 정도로 말이다.

"크큭, 죽여! 죽여라! 모두 죽여 버려! 크하하하!"

그의 웃음소리가 점점 높아질수록 종남파 사람들의 얼굴엔 죽음의 그늘이 진다.

"사형."

압도적인 수를 가지고 있음에도 불구하고 수십의 인원

을 막지 못하고 일방적인 살육을 당하는 종남의 사람들을 보며 선휘는 태현을 불렀다.

무림생활에 익숙해진 그녀지만 이 정도로 일방적이고, 잔혹한 싸움은 처음이었다.

당장이라도 치밀어 오르는 구역질을 참으며, 시선을 회피하는 선휘.

하긴, 아무리 무림에 익숙한 사람이라 할지라도 이정도로 일방적인 싸움. 학살(虐殺)이라 불러도 부족함이 없는 모습을 본다면 구역질을 참지 못할 것이다.

그런 선휘의 등을 다독이며 괜찮다는 표시를 한 태현은 예리한 시선으로 종남의 상황을 살핀다.

푸른 옷을 입고 있는 종남 제자들과 확연히 차이가 나는 침입자들의 실력은 분명 대단한 것이었지만, 종남 고수들과 큰 차이가 나는 것은 아니었다.

세밀하게 따지자면 오히려 수적 우위에 있는 그들이 압도하고도 남음이지만, 이상하게도 종남 무인들은 순식간에 나가떨어지고 있었다.

채챙! 챙!

요란스럽게 들리는 무기 소리.

'저건?'

그때 태현의 눈에 기묘한 광경이 눈에 들어온다.

종남 무인의 공격을 마치 미리 알고 있기라도 하는 듯 어렵지 않게 피해내며, 반격을 하는 모습.

처음엔 우연이라 생각했지만 한 두 사람도 아닌, 침입자들 모두가 어렵지 않게 같은 행동을 취하고 있었다.

실력이 높으면 가능한 일이겠지만, 서로가 비등한 상황에서 저런 행동을 취할 수 있다는 것은 분명 비정상적인 일이었다.

'종남 무공에 대한 파훼법을 익힌 건가?'

아무리 머리를 굴려도 태현이 내릴 수 있는 판단은 그것 하나였다.

그렇지 않고서야 도저히 이해 될 수 없는 일이었다.

워낙 교묘하게 일을 벌이고 있는 지라, 멀리서 모든 상황을 지켜보고 있는 태현이 아니었다면 누구도 눈치 채지 못할 정도였다.

그 증거로 아직도 종남 무인들은 놈들이 파훼법을 익히고 있다는 것을 알지 못했다.

'당연한 일인가? 저 정도 움직임을 보이기 위해선 종남 무공 전반에 대한 파훼법이 생겼다는 것인데… 한때 구파일방의 한축이었던 종남 무공에 대한 파훼법이라?'

기이한 일이었다.

한때이긴 하지만 구파일방의 한축이었던 종남파다.

그런 만큼 무공의 다양성과 깊이는 말 할 수 없을 정도였고, 개개인이 익힌 무공 역시 서로 다를 수밖에 없다.

그럼에도 불구하고 저리 쉽게 움직일 수 있다는 것은 미리 모종의 무엇인가를 파악하고 있기에 가능하다는 이야기였다.

여러 가지 가능성이 머릿속을 스쳐지나가지만 태현은 현장에 집중했다.

제자들의 덧없는 죽임을 견디지 못한 장로들과 원로들이 나서기 시작한 것이다.

"이노오옴!"

괴성에 가까운 소리를 내지르며 종남 장문인이 혈마, 무영을 향해 달려들었다.

살기 가득한 기세를 잔뜩 피워 올리며 종남의 대표적인 검술이라 할 수 있는 천하삼십육검을 펼친다.

그 기세가 사뭇 대단하여 단숨에 무영의 목을 가를 듯 하지만 정작 당사자인 무영은 여유롭게 웃으며 손을 들었다.

우웅.

"아직도 깨닫질 못하니 네놈들 수준이 이뿐인 것이다!"

콰지직!

붉은 강기로 무영의 손이 뒤덮인다 싶더니 순식간에

장문인의 검을 부숴내며 그의 심장을 향해 손을 뻗는다.

"멈춰라!"

쩌엉!

장문인의 심장이 내뚫리기 직전 우렁찬 소리와 함께 무영의 앞을 가로막아서는 한 노인이 있었다.

선풍도골이라 불러야 할 지, 선인이라 불러야 할 지.

흰 수염을 길게 늘어트린 그의 등장에 위기를 넘긴 장문인이 깜짝 놀라 외친다.

"사, 사부님!"

"허허, 인사라도 하고 싶지만 그럴 시기가 아니로구나."

놀랍게도 그는 장문인의 사부였다.

그 말은 즉.

"그렇군. 당신이 종남 최고의 무인이라는 천성검(天星劍)이로군. 그런데 아직도 살아있었나?"

"명이 길어 이 날까지 살아있었다네. 그 이유를 몰랐는데 오늘에서야 하늘의 깊은 뜻을 알았음이니, 이만 물러서는 것이 어떻겠는가?"

"사, 사부님!"

지금까지의 피해는 모두 잊겠다는 듯 물러서라 말하는 천성검에게 깜짝 놀라 장문인이 소리치지만 천성검은 고개를 흔들 뿐이다.

처음의 격돌로 그가 결코 보통 무인이 아님을 알아차린 것이다.

'이곳에서 이자를 막지 못한다면 종남의 미래는 없을 것이다. 허허, 오만이 결국 종남을 끝으로 내모는구나.'

일선에서 물러선 이후 자신의 거처에서 한발자국도 밖으로 나오질 않았던 그다. 워낙 오랜 시간이 흘렀기에 종남에서도 등선했을 것이라 생각했을 정도이니···

그런 그가 밖으로 나온 것은 평소와 달리 지독히 안 좋은 예감 때문이었는데, 아무래도 잘 들어맞은 모양이다.

"늙은이가 뭘 개소리야?"

오만한 얼굴로 천성검을 보며 혀로 입술을 적시는 무영.

하지만 그의 눈은 빛나고 있었다.

제대로 된 사냥감을 발견한 듯이 말이다.

그의 눈빛에 천성검은 신음을 흘리며 제자이자 장문인에게 말했다.

"즉시 어린 제자들을 대피 시키거라. 아무래도 좋지 않구나."

"사, 사부님?"

"어서!"

그의 호통에 깜짝 놀라는 장문인.

짧은 순간이었지만 무영은 더 이상 참지 못하겠다는

듯 강렬한 기운을 폭사시키며 천성검을 향해 달려들었다.

"캬하하하! 늙은이 즐겨보자고!"

✝

"음….."

이제야 익숙해진 것인지 선휘가 눈을 때지 않고 싸움을 지켜본다.

거기에서 그치지 않고 여러 가지 상황을 대입하며 조금이라도 얻으려는 모습을 보이기 시작하자 태현은 작게 웃었다.

"종남의 문제는 뭐라고 생각해?"

"음… 자신들의 부족함을 아직도 인정하지 않는 것이 제일 큰 문제겠네요. 당장 산 밑에 어마어마한 숫자의 무림인들이 몰려들어 있으니, 도움을 청하면 되는 일이잖아요."

"그렇지. 하지만 그것이 저들의 자존심인 것이지."

"자존심이요?"

"그래. 대문파 일수록 자신의 목숨보다 문파의 자존심이 더 우선이라 생각하는 곳이 많아."

"죽고 나면 다 쓸모없는 것들이잖아요."

선휘의 냉정한 말에 태현 역시 동의한다는 듯 고개를

끄덕인다.

"하지만 그것이 문파가 유지되는 원동력이기도 하지."

"원동력?"

"예를 들어 누군가가 사부님을 욕보인다면 넌 어떻게 행동하겠어?"

"…아!"

똑똑한 그녀이기에 단숨에 태현이 하는 말의 진의를 깨닫는다.

"때론 그들의 목숨이 문파의 명예를 드높이는 결과를 낳곤 하지. 하지만 그것도 어느 정도 앞뒤를 가릴 수 있을 때 이야기. 지금 같은 상황에선 쓸데없는 고집일 수밖에 없는 거다. 무림에서 힘을 잃은 문파가 다시 일어서는 것은 너무나 어려운 일이니까."

태현의 긴 말에 선휘는 고개를 끄덕였다.

마치 선휘에게 가르침을 내리는 것 같은 태현이지만 실상으론 자신에게 하는 말이었다.

잃어버린 가문을 다시 세우는 것은 어려운 일이다.

태현 역시 다시 가문을 세울 수 있을 것이라 생각진 않는다. 그저 그가 바라는 것은 가문의 복수일 뿐.

그때였다.

펑-!

"크아악!"

비명소리가 종남산에 울려 퍼지며 천성검이 피를 뿌리며 쓰러지고 있었다.

"크크, 크하하하!"

붉은 피를 뒤집어쓴 무영이 괴성을 터트리며 시선을 돌린다.

정확히 태현이 있는 곳을 향해.

"언제까지 거기서 보고 있을 생각이지?"

"······."

잘 숨어 있었다고 생각했었는데 아무래도 놈은 처음부터 태현의 존재에 대해 알고 있었던 것 같았다.

놀랄만한 일이지만 의외로 태현의 얼굴엔 표정의 변화가 없었다.

당연한 일이었다.

처음부터 그가 자신에 대해 눈치 챘다는 것은 태현도 알고 있었으니까.

오히려 자신을 전장으로 불러들이는 그의 목소리가 반가운 태현이었기에 웃으며 몸을 움직였다.

第 2 章.

亂劍武姙 난검두림

第2章.

"너 재미있는 놈이로구나?"

무영이 미소를 지으며 자신의 앞에 모습을 나타낸 태현을 바라본다.

방금 전 종남 최고수인 천성검을 죽였다는 것을 잊은 것인지 태연히 돌아서는 그의 모습에 종남 무인들이 울컥하며 달려들었지만 어느새 가로 막아서는 무영의 수하들.

그 치열한 싸움에 관심이 없다는 듯 무영은 시선을 위아래로 주며 태현을 훑는다.

"재미있는 냄새가 나는데… 넌 누구냐?"

"글쎄… 그러는 넌 누구지? 혈마의 무공을 익혔지만

혈마의 후인으로 보이진 않는데."

"하하하. 하긴 이야기가 길 필요가 없겠구나."

메마른 웃음소리와 함께 무영의 몸에서 붉은 기운이 솟아 오른다.

선명한 혈기(血氣).

혈마의 무공을 익혔다는 증거이기도 한 그 모습을 보며 태현은 말없이 내공을 끌어올리기 시작했다.

그의 말처럼 애초에 많은 말이 필요하지 않은 것이다.

알고 싶은 것이 있다면 이기면 될 일이었으니까.

구구구-.

두 사람의 기운이 허공에서 부딪치고.

둘의 신형이 동시 사라졌다.

쩌엉-!

굉음이 종남산을 울린다!

첫수에 느껴지는 강렬함.

몸이 끓어오르며 온 신경이 곤두선다.

놈의 시선, 기세 그 모든 것에 의지가 담겨 있었다.

살인(殺人) 의지가.

이제까지 꽤 많은 사람을 만나본 태현이지만 사람 자체가 위험하게 느껴지는 것은 처음이었다.

멀리서 볼 때는 알 수 없었던 것들이 가까이서 보자 알 수 있게 된다.

'이곳에서 반드시 처리해야 하는 자다.'

본능적으로 느꼈다.

이곳에서 그를 처리하지 못한다면 앞으로 두고두고 힘들어질 것이란 사실을.

우웅—.

태현의 손에 쥐어진 청홍이 울음을 터트리며 검강을 풀어낸다.

"검강? 크핫! 좋구나!"

크게 웃는 무영의 손에 어느새 바닥에 버려져 있던 검이 쥐어지더니 붉은 검강을 토해낸다.

지독하게도 불길한 색을 발하는 검.

과거 혈마로 불렸던 사내의 가장 큰 특징은 피를 취할수록 강해진다는 것이었다.

여기에 어지간한 상처는 불가사의한 능력으로 금세 치료된다.

다시 말해 단숨에 목을 베지 않는 이상은 제압하는 것이 불가능한 일인 것이다.

"캬하하하하!"

자신의 그런 몸을 알고 있는 무영은 어지간한 공격은 몸으로 적절히 받아내며 앞뒤 가리지 않고 태현에게 공격을 쏟아 부었다.

무한한 내공이 존재하는 듯 쉬지 않고 힘을 폭사하는 그.

터텅!

쩡!

"크윽!"

검이 부딪칠 때마다 강렬한 충격이 온 몸에 쏟아진다.

힘을 흘려내고 있지만 그것도 한계가 있는 법이고, 그 한계가 가까워지면 제 아무리 태현이라 하더라도 쓰러질 수밖에 없는 법이다.

그런 사실을 알기에 태현은 최대한 빠르게 놈을 제압하기 위해 청홍을 휘둘렀다.

예리한 각도로 휘며 목을 노리고 날아드는 청홍을 보며 무영은 웃으며 한 걸음, 아니 반걸음 태현의 몸으로 파고들며 어깨로 강하게 밀어 친다.

텅—!

순간 뒤로 밀리며 검이 흔들리고.

틈을 놓치지 않고 공격을 흘려낸 무영의 검이 반대로 태현의 허벅지를 노리고 날아들지만, 쉬이 당하진 않겠다는 듯 밀려나던 힘을 이용하여 부드럽게 물러서는 태현.

짧은 순간 오간 공방.

두 사람의 강기가 부딪칠 때마다 사방으로 비산하는 강기의 파편.

꽈르릉!

무너져 내리는 종남의 건물들!

유구한 역사를 자랑하는 종남 건물들이 덧없이 무너져 내리고 있음에도 불구하고 종남의 누구도 거기에 항의할 수 없었다.

혈마의 앞을 막아선 자가 누구인지도 알 수 없지만, 저 두 사람을 막아설 수 있는 실력자가 없었다.

"피, 피해라!"

꽈콰!

급작스레 날아드는 강기에 깜짝 놀라며 외치는 장로.

그것을 시작으로 종남 제자들이 뒤로 빠지려 했지만 혈마가 대동하고 온 수하들이 앞뒤 가리지 않고 끈질기게 달라붙으며 종남 제자들의 목숨을 거둬간다.

"아악-!"

"사, 살려…!"

사방에 퍼지는 비명소리들.

그것이 또 만족스러운 듯 무영은 더욱 강하게 기세를

끌어올리며 태현을 향해 검을 휘두른다.

"하하하하!"

막강한 파괴력을 담은 무영의 검이 직선적으로 날아든
다.

잡기는 필요 없다는 듯 우직하게 검을 휘두르는 모습
이 허점투성이일 것 같지만 실제 공격을 하려고 하면 어
디에서도 빈틈을 찾을 수 없었다.

우직하지만 약점은 없다.

아니, 있다 하더라도 어지간한 상처 따위는 무시하고
달려드니 태현으로서도 방법이 많지 않았다.

받아치던가, 피하던가.

촤악-!

머리 위를 스쳐지나가는 놈의 검.

조금만 반응이 늦었어도 목이 떨어졌을 공격이지만 태
현의 시선은 놈의 심장을 향하고 있었다.

날카롭게, 빠르게 놈의 심장을 향해 치솟는 청홍!

슥.

단조로웠던 공격 탓인가.

반원을 그리며 어렵지 않게 공격을 피해낸 무영의 검
이 어느새 태현의 머리를 향해 떨어져 내리고 있었다.

'지금!'

하지만 태현도 지금 순간을 노리고 있었다.

츠츠츠.

직선으로 모든 것을 꿰뚫을 듯 날아가던 청홍이 어느새 부드러운 곡선을 그리더니 어느 순간 무영의 목을 노리고 날아들고 있었다.

쩌엉-!

"큭!"

억지로 검의 방향을 틀어 태현의 검을 막아낸 무영.

강한 힘에 순간 몸의 균형이 틀어지고.

틈을 놓치지 않은 태현이 몸을 일으키며 어깨로 강하게 놈의 가슴을 때린다.

살짝 멀어지는 거리.

순간을 놓치지 않고 허공에 몸을 띄우며 몸을 회전시킨 태현의 강력한 뒤돌려 차기가 정확히 무영의 복부에 틀어 박혔다.

투확-!

"컥!"

외마디 소리와 함께 뒤로 튕겨 날아가는 무영.

우웅-!

틈을 놓치지 않기 위해 청홍에 내공을 집중시키자 금세 피어오르는 선명한 검강!

검강을 비처럼 쏟아내는 태현.

콰쾅-! 꽝!

정확히 무영이 날아간 곳에 틀어박히며 굉음과 함께 먼지가 피어오른다.

하지만 정작 공격을 시도한 태현의 표정은 그리 좋지 않았다.

'역시 안 되는 건가?'

"큭큭, 크하하하! 좋아! 이런 걸 바랬던 거야!"

먼지를 뚫고 천천히 걸어 나오는 무영.

광기에 빠진 그의 얼굴에 가득 서린 희열.

선명하게 새겨진 복부의 발자국을 쓰다듬는 그.

"흐… 너 생각대로 재미있는 놈이로구나. 그래, 더 놀아보자!"

쿠오오오.

말이 끝나기 무섭게 치솟아 오르는 혈기.

불길한 적색의 혈기가 사방을 휩쓸기 시작하고, 거기에 맞추어 태현 역시 기운을 끌어올리기 시작했다.

'전력을 다해야 한다!'

머릿속을 강하게 울리는 경고음.

이제까진 몸 풀기에 불과했었다는 듯 무영의 움직임이 달라졌다.

38

그렇지 않아도 단순하던 그의 움직임이 더욱 단순해졌다.

하지만 그 속에 숨어있는 변화는 지금까지와 비교 할 수 없을 정도였다.

아차, 하는 사이 움직임을 놓친다.

자칫 목이 날아 가버릴 수도 있는 상황이기에 태현의 집중력은 극도로 높아졌다.

그런 상황에서 두 사람이 충돌하는 순간.

종남산이 뒤흔들렸다.

지금 벌어지는 싸움의 모습을 하나라도 더 담으려는 듯 선휘의 눈은 두 사람에게서 떨어질 줄 몰랐다.

보통의 사람이라면 제대로 살피지도 못할 상황이지만 선휘가 누구던가? 백검(魄劍) 하단설의 제자다.

쾌속을 넘어 광속이라 불리는 광휘검공을 익힌 그녀에겐 그런 것쯤은 아무런 문제가 되지 않았다.

문제라면 자신의 실력으로 아직 이해되지 않는 움직임이 많다는 것이지만, 훗날 자신에게 큰 도움이 될 것이 분명하기에 선휘는 자리에서 움직이지 않았다.

그 바탕에 태현에 대한 두터운 신뢰가 있음은 물론이었다.

그런 선휘와 달리 종남파 무인들은 자리를 벗어나기 위해 다급하게 움직이고 있었다.

태현과 무영의 싸움 영역이 커지기 시작하며 그 여파가 사방에 미치기 시작했고, 그로 인해 죽어가는 자들이 생기기 시작한 것이다.

하지만 그것도 쉽지는 않았다.

무영이 이끌고 온 수하들이 두렵지도 않은 것인지 뒤쪽의 싸움은 아랑곳하지 않고 종남 무인들을 가로막으며 공격을 하고 있었다.

그것도 잠시.

태현과 무현의 싸움이 점차 치열해지기 시작하자 서서히 뒤로 물러서야만 했다.

창졸지간에 덮쳐오는 강기 다발을 피해낼 재간이 없기 때문이다.

†

"사고를 치는군."

종남산에서 그리 멀지 않은 산봉우리에 자리를 잡은 자영(紫影).

그의 얼굴이 일그러진다.

일반인의 눈으로는 도저히 알아 볼 수도 없을 만큼의 거리이지만 자영에겐 코앞에서 보는 것처럼 생생하게 보이고 있었다.

"역시 저놈에겐 불가능한 일이었나?"

혀를 차는 자영.

이미 자신의 계획과 상당히 많은 것이 달라져 버렸다.

본래라면 벌써 종남을 정리하고 몸을 피했어야 하지만, 피에 취한 무영은 그런 계획을 깡그리 무시하고 날뛰고 있었다.

종남산 밑에서 대기하던 무림인들이 종남의 변고를 알아차리고 이제 곧 산을 오를 것이다.

"다른 때라면 그 정도는 문제가 되지 않겠지만… 정작 문제는 저놈인데… 누구지?"

자영이 시선을 떼지 않고 지켜보고 있는 것은 태현이었다.

무림의 수많은 정보를 머리에 담고 있는 그이지만, 태현에 대한 것은 조금도 알고 있지 않았다.

"저런 실력을 가진 자가 이제까지 알려지지 않았다니. 무림신성(武林新星)인가?"

무림신성이라 말하는 자영의 입가에 떠오르는 비웃음.

단어와 전혀 어울리지 않는 표정이었지만, 자영은 당연하다는 듯 웃었다.

"놈에 대한 정보를 모아라."

"존명."

명령을 내리기 무섭게 어디선가 들려오는 목소리.

분명 주변에 누구의 모습도 보이지 않음에도 말이다.

"그래도 제법이로군. 다른 것은 몰라도 무공 실력하나만으로는 우리들 중에서도 수위를 다투는 무영을 상대로 저 정도라니. 재미있군. 여기서 사라질 것이냐, 아니면….."

자영의 시선이 태현을 향한다.

†

콰앙-!

쩡!

청홍을 타고 들러드는 막대한 힘을 필사적으로 흘려냄에도 불구하고 그 충격이란 말을 할 수 없을 정도였다.

쌓여가는 충격은 몸의 피로를 크게 높인다.

그렇지 않아도 높은 집중력으로 이어가는 싸움에서 쌓인 피로는 자칫 승부의 방향을 가를 수 있을 정도로 중요한 것이었다.

검과 검에 담긴 힘이 어마어마한 것이니, 그 여파는 말할 것도 없다.

이미 종남이 자랑하던 무수한 전각들이 부서져 내린 것은 말할 필요도 없다.

그렇게 쌓인 피로를 풀기 위해 내공을 움직이지만 그것도 한계가 있는 법.

결국 쌓여가는 피로가 한계에 이르기 전, 승부를 내는 수밖에 없다.

그것은 태현에게만 해당되는 것은 아니었다.

광기에 사로잡혀 검을 휘두르고 있는 무영 역시 마찬가지다.

본능적으로 그것을 알고 있는 것인지 시간이 갈수록 그의 공격은 거세졌다.

스팟!

"큭."

스쳐가는 무영의 검에 팔에 길게 새겨지는 검상.

깊은 것은 아니었지만 흐르는 피의 양이 작지 않다.

이미 몸 이곳저곳에 생긴 비슷한 상처들로 인해 흘린 피가 적지 않다.

'위험해. 이대로는….'

그동안 나름의 경험을 쌓아온 태현이지만 이렇게 자신의 목숨을 도외시하며 달려드는 자는 처음이다.

당황하다보니 머리가, 손이 어지러워지고 제 실력을 발휘하지 못하고 점차 밀린다.

자신의 모든 것을 쏟아 부어도 그 승부를 점치기 어려운 상대라곤 하지만 이렇게까지 자신이 밀릴 이유가 없었다.

문제는 그것을 알면서도 어떻게 해결할 방법이 없다는 것이다.

놈은 공격하기에 급급했고, 자신은 방어하기에 급급했다.

"싸움이란 기세다. 기세를 빼앗긴 뒤에는 이미 늦지. 기세라는 것은 싸움의 자세, 상대의 기운도 있겠지만 가장 중요한 것은 마음가짐이다. 이길 수 있다는 마음가짐. 패배를 받아들이는 그 순간… 뒤는 없는 것이다. 그렇게 마음을 다잡고 난다면 자신의 모든 것을 쏟아내라. 내공이 바닥을 치도록. 그러면 길이 보일 수도 있지."

머릿속을 스쳐지나가는 거력신마의 가르침.

무엇보다 마음의 자세를 바로 해야 한다는 그 가르침에

44

태현은 짧게 숨을 내뱉고 들이쉬며 마음을 가다듬는다.

아주 작은 변화.

그 변화가 불러온 효과는 결코 작지 않았다.

방어에만 치중하던 태현의 움직임이 변했다.

작은 상처에 연연하지 않고 공격을 시작한 것이다.

콰콰콰!

두 사람의 기운이 허공에서 부딪치며 요란한 소리를 쏟아낸다.

단순히 소리만 쏟아내는 것이 아니다.

그 충돌의 여파가 고스란히 주변에 미친다.

"핫!"

어느 순간 태현이 기합을 뱉어내며 움직였다.

무영자 사부의 무영천리공이 태현의 발에서 시작되며 잔영을 남기고 무영의 뒤편으로 돌아간다.

우득.

굳게 쥔 주먹을 힘차게 내뻗는다.

거력신마의 천력신공이다.

쩡—!

어느새 돌아서며 공격하려던 무영의 옆구리를 정확하게 강타하는 태현의 주먹!

우지직!

주먹을 통해 놈의 갈비뼈가 박살남을 느낀다.

하지만 여기서 끝이 아니었다.

고통스러워하며 뒤로 물러서는 놈의 머리 위로 기척도 없이 뛰어오른 태현.

묵살검의 암살기술과 무영풍의 무공이 합쳐진 결과였다.

갈비뼈가 박살난 고통에 그것을 빠르게 알아내지 못한 무영이 허공을 바라보았을 때.

그는 보았다.

푸른빛을 머금은 청홍이 어지러울 정도로 춤을 추는 것을!

백검의 광휘검공이었다.

휘이잉-.

콰콰콱! 꽈앙!

몇 호흡도 안되는 그 찰나의 순간.

태현은 네 사부.

무영풍, 거력신마, 묵살검, 백검에 이르는 네 사람의 절기를 단숨에 펼쳐낸 것이다.

태현은 칠성좌 사부들의 모든 것을 배웠다.

그들의 독문무공을 완벽하게 익힌 것은 아니지만, 그 정수를 배웠기에 독문무공을 완벽하게 익힌 것과 다를 바

없는 위력을 선사한다.

동시에 그에 소모되는 내공의 양은 상상을 초월하는 것.

내공에 있어선 천하에 상대가 없을 태현조차 순간적인 내공의 고갈로 몸을 휘청일 정도다.

턱.

청홍에 몸을 기대어 겨우 몸을 회복한 태현의 시선이 무영을 향한다.

요란하게 피어오른 먼지가 서서히 가라앉고 있었다.

아름다워야 할 종남산은 어지럽혀졌고, 종남파는 파괴되었지만 태현의 시선은 오직 놈을 향하고 있다.

"쿨럭!"

작은 기침소리와 함께 먼지를 뚫고 서서히 모습을 보이는 무영.

"흐… 이거 안 좋은 걸?"

말은 그러면서 입가에 가득한 미소.

온 몸 가득한 상처와 끊임없이 흐르는 피.

결정적으로 방금 전의 공격을 제대로 막아내지 못한 것인지 없어져버린 왼팔.

팔꿈치 아래가 완전히 사라져 버렸다.

주륵-.

하지만 태현 역시 정상적이지 못했다.

한 순간 내공을 급격하게 소모하며 내상을 입은 것이다.

입가로 흐르는 피를 재빨리 닦아내며 청홍을 치켜든다.

"큭큭큭, 너 같은 놈이 있을 줄이야. 젠장! 시간이 더 있으면 좋았을 것을."

아쉽다는 듯 입을 다시며 시선을 다른 곳으로 주는 그.

그가 바라보고 있는 곳의 끝에는 산 하나가 있었다.

히쭉.

무영이 웃었다.

그리곤 곧 태현을 향해 고개를 돌린다.

†

히쭉.

정확히 자신이 있는 곳을 바라보며 웃는 무영을 본 자영의 얼굴이 일그러진다.

"끝났군."

혀를 차며 몸을 돌려 사라지는 자영.

48

어느새 그의 뒤로 수십에 이르는 수하들이 모습을 드러낸다.

†

"하나 묻지. 너 칠성좌랑 연관이 있는 놈이지?"

"…사부님들이다."

"역시."

고개를 끄덕이며 자리에 주저앉는 무영.

그리곤 태연한 얼굴로 손짓을 하며 태현을 부른다.

"이제 할 만큼 했으니 이야기나 해보자고. 앉아."

잠시 그의 얼굴을 보던 태현은 작은 한숨과 함께 청홍을 집어넣고 마주 앉았다.

방금 전까지 광기를 보이던 그의 눈이 맑았다.

완전히 다른 사람 같았다.

물론 긴장감을 늦추진 않았지만.

그 정도는 이해한다는 듯 무영은 웃으며 입을 열었다.

"시간이 없어서 많이 이야기 해 줄 수는 없겠지만 궁금한 것이 있으면 물어봐. 아는 것도 그리 많지 않지만, 가르쳐 줄 수 있는 것은 가르쳐 주지."

"당신은 누굽니까?"

"딱딱하게 굴긴. 좀 편하게 말해. 어차피 적인데. 일단 질문에 대답을 하자면 난 무영(無影). 팔영에 속하지 못한 자. 다른 팔영은 만나봤을 테지?"

그 말에 자연스럽게 그동안 만났던 자들이 떠오르자 고개를 끄덕인다.

"팔영이라 불리는 만큼 여덟 명으로 구성이 되어 있는데, 난 거기에 속하지 못한 낙오자라는 거지. 여러 가지 이유에서 말이야."

"으음… 당신들은 대체 누구입니까?"

"몰라. 지금은 이름이 있는지 모르겠지만 적어도 내가 알기로 우리의 총칭은 '조직'이었을 뿐이지 정확한 이름도 없었어. 없는 건지 알려주지 않은 것인지는 모르겠지만. 다만 확실한 것은 우리 위에 한 사람이 있다는 거지. 한때 칠성좌의 일인이었던 일권무적(一拳無敵) 황여의 그 인간 말이야."

여기까지는 태현이 생각하고 있던 것과 크게 다를 것이 없었다.

"그리고 그 본래의 이름은 철무진."

"철무진…."

"그래. 그게 그 인간의 이름이지. 목적이야 뻔하겠지만 무림을 손에 넣고 싶어 하는 것 같고… 오랜 시간 공을 들

50

여서 작업을 하고 있는데 거기에 대해선 나도 잘 몰라. 모
르는 척하는 게 아니라 진짜 몰라. 내가 사고를 좀 쳐서
짤렸거든."

웃으며 말하는 그.

그때였다.

푸확-.

돌연 잘린 그의 팔에서 피가 쏟아져 나오기 시작했다.

"쯧. 벌써?"

툭, 투툭.

혀를 차며 아무렇지 않은 듯 혈을 점해 지혈을 하는 그.

비단 피는 그곳뿐만 아니라 몸 곳곳에서 스멀스멀 흐
른다.

"이게 혈공을 익힌 자들의 최후야. 피를 이용해 힘을
얻는 만큼 죽을 때는 피를 내놓아야 한다는 거겠지. 그런
데… 아까도 말했지만 너 재미없게 산다? 사람으로 태어
났으면 죽을 때까지 즐기다가 가야지, 의미 없이 덧없이
살다간 이도저도 안 되는 놈이 될 뿐. 기왕 사람으로 태어
났으면 자신의 감정에 충실하면서 즐기면서 살 줄 알아야
지. 즐기지 못하는 인간은 위로 올라갈 수 없다. 재능과
노력으로 도달 할 수 있는 곳은 정해져 있지만, 즐기는 인
간은 그 끝을 알 수 없는 법이니까."

"무슨 소릴 하는 거지?"

"쯧쯧. 딱딱하긴. 너 그렇게 살면 재미있냐?"

툭 던지듯 내뱉는 그의 말에 태현은 쉽게 대답하지 못했다.

태현 본인은 못 느꼈겠지만 그동안 태현은 딱딱했다.

성의가 없다거나 존경심을 보이지 않는 등의 문제가 아니었다.

삶 그 자체가 딱딱했다.

가문의 복수와 사부들의 복수를 위해 무공을 익혔고, 정진해 왔다.

무림에 나와서도 마찬가지다.

지금까지 자신을 위한 시간이란 존재치 않았다.

오직 무공을 익히는 것으로 모든 시간을 보냈던 그였다. 이제와 인생의 재미를 찾으라는 말은 쉬이 이해 할 수 없는 성질의 것이었다.

"클클클, 그것 봐. 이제까지 지독하게 재미없는 삶을 살았잖아? 네 마음이 가는대로 움직인다고 해서 그게 뭐? 남들이 욕을 하건 지적을 하건 그게 무슨 상관이야? 네 행동이 당당하고 올바르면 그 뿐이지. 지독하게도 내가 바라던 것들인데… 넌 모든 것을 가졌지만 반대로 가지지 못했어."

쓰게 웃는 무영.

그 순간이었다.

주륵-.

그의 입에서 붉은 피가 흐르기 시작했고, 곧 코에서도 흘러내린다.

"젠장. 시간이 다됐군."

아무렇지 않게 피를 닦아내는 무영.

닦아내지만 금세 다시 흘러내리는 피.

"자영 그 개자식이 쉽게 날 놓아주지 않을 것이라 생각은 했지. 뭐, 마지막에 끝내주는 재미를 봤으니 괜찮나?"

웃으며 태현을 바라보는 무영.

"착각하지 마. 내 몸이 조금만 더 정상이었고, 혈공을 익힐 시간이 며칠만 더 있었어도 죽는 건 네가 되었을 것이니까."

주륵, 주륵.

마치 온 몸의 피를 쏟아낼 듯 거침없이 쏟아지는 피.

"즐겨. 그리고… 자영을 조심해라."

푸확!

자영을 조심하라는 말.

그 말이 끝나기 무섭게 무영의 몸이 폭사했다.

사방으로 튀는 피와 함께 그 흔적조차 남기지 않고 사

라지는 무영의 몸.

갑작스런 상황에 태현은 당황하면서도 그의 마지막 말을 다시 새긴다.

"즐기라니…."

무영이 앉아있던 자리.

이젠 혈흔만이 남은 그곳을 멍하니 바라본다.

第 3 章.

亂刀武林 난검두림

第 3 章.

무림에 새로운 신성이 떴다.

혈마의 재림이라 불리는 혈사를 종남에서 막아내었을 뿐만 아니라, 혈마를 죽이기까지 한 자.

종남 무인들과 종남의 변고를 알아차리고 달려온 수많은 무림인들이 그 흔적을 보았고, 확인했다.

자신의 이름도 제대로 알리지 않고 자리를 떠나버렸지만 많은 이들이 그 모습을 보았다.

무림신룡(武林新龍).

그것이 그를 향해 붙여진 별호였다.

"무림신룡이라…."

객잔에 앉아 간단한 식사를 하던 태현은 사방에서 들리는 소리에 쓰게 웃었다.

무림신룡이 자신을 가리키는 말이란 것을 처음 알았을 때 얼마나 놀랐던가.

하지만 자신의 정체도 밝히지 않고 자리를 떠났으니 어쩔 수 없는 일이었다. 게다가 사실이 아닌 것들까지 소문처럼 떠돌기 시작했다.

다행이라면 자신의 얼굴을 확실히 아는 자가 거의 없다는 것과 그리 나쁜 소문은 아니라는 것이었다.

문득 자신의 맞은편에 앉아 소면을 먹고 있는 선휘의 얼굴을 내려다보는 태현.

먹을 것을 두고 자신을 바라보는 그 시선에 선휘가 고개를 들었다.

"사형?"

"넌… 무슨 목적으로 살아가느냐?"

"목적이라 하심은?"

"무엇이든 말이다."

갑작스런 물음이었지만 심각해 보이는 태현의 얼굴에 선휘는 젓가락을 내려놓곤 천천히 입을 열었다.

"이제까지 그런 것을 생각해 본적은 없지만… 어린 시

절엔 배고프고, 언제 어떻게 될지 몰랐기 때문에 내일을 위해서 살았어요. 사부님께 거둬지고 나선 사부님을 위해서 살았고, 지금은 고민하는 중이예요."

"고민하는 중?"

"지금은 세상을 둘러보는 중이니까요. 내가 좀 더 잘할 수 있는 일. 잘 할 수 있을 것 같은 일. 할 수 없을 것 같은 일. 더 많은 것들을 보고, 생각할 거예요. 언젠가 사부님께서 말씀하시길 자신의 뜻대로 살아야 즐거운 인생인 것이지, 타인의 뜻대로 살아간다면 죽은 것이나 마찬가지라 하셨죠. 그렇기에 전 제가 하고 싶은 일이 생길 때까지 둘러보고 고민하게 될 거예요."

긴 말이었지만 곧은 눈으로 자신을 바라보는 선휘에게 태현은 아무 말도 할 수 없었다.

그저 남을 위해 살기만 했던 자신과 달리 선휘는 이제 자신의 삶을 위해 움직이고 있었다.

이제야 그 의미를 생각하는 자신과 달리 벌써 그녀는 주위를 둘러보고 이해하고 있는 것이다.

비록 적이었지만 무영 그가 죽으며 남긴 말은 태현에게 큰 파문을 남기었고, 그로 인한 고민은 끊임없이 이어졌다.

고민은 끊임이 이어져 개봉에 도착하는 그 순간까지

계속해서 이어졌다.

무림의 소란이 놈들의 짓이라는 것을 무영을 통해 알게 된 태현이 개봉을 목적지로 삼은 까닭은 그곳이 종남에서 멀지 않다는 이유도 있지만, 자신이 가지고 있는 것을 돌려주어야 하는 곳이 있기 때문이었다.

개봉은 중원에서도 손에 꼽는 대도시였다.

과거 수많은 나라들이 이곳 개봉을 수도로 삼았을 정도로 관계시설이 잘 되어 있을 뿐만 아니라, 그에 따른 시설도 잘 되어 있어 수많은 사람들이 이곳을 찾고 있었다.

항주가 내륙뿐만 아니라 외해(外海)의 물건까지 받으며 빠른 속도로 성장을 했다면, 개봉은 순수 내륙의 물건들을 받으며 성장해왔다.

그 중심에는 개봉에서 시작되어 사방으로 이어지는 수로가 있었다.

잘 정비되고 만들어진 수로 덕분에 빠르게 물자를 유통시킬 수 있었던 것이다.

어쨌거나 개봉은 중원에서 손에 꼽는 대도시답게 어마어마한 규모를 자랑했고, 살고 있는 사람의 수도 헤아릴 수 없을 정도였다.

특히 역사가 오래된 서원들이 개봉에는 유난히 많기

때문에 전국 각지에서 서생들이 몰려드는 곳이기도 했다.

황궁에서 권력을 잡았던 자들도 은퇴를 한 이후 개봉으로 살러 오는 경우도 허다했기에 무림인들이 활동하기엔 힘든 도시이기도 했다.

"곳곳에 포졸과 병사들이 돌아다니며 치안을 도모하니 개봉엔 큰 행패를 부리는 파락호들이 없겠네요."

식사를 위해 들린 객잔에 앉으며 선휘가 말하자 태현은 점소이가 내놓고 간 찻잔을 들며 고개를 흔들었다.

"보는 것과 다른 도시야. 개봉은."

"예?"

"황권이 강하고, 황제가 어질 때는 저들 역시 백성의 편이겠지만 그렇지 못하다면… 어렵겠지."

머리가 나쁘지 않은 선휘이기에 태현이 굳이 말하지 않아도 그 뒷이야기를 이해 할 수 있었다.

"과거에도 수차례 그런 일이 있었지. 지금은 뭐, 적어도 드러내 놓고 움직이는 것 같진 않으니 나쁘지 않은 일이지만."

점소이가 시킨 음식들을 가져나오자 잠시 말을 멈췄던 태현은 그가 사라지자 곧 손가락으로 막 지나가는 병사들을 가리키며 말했다.

"저들이 이곳을 지나간 것만 벌써 세 번째야. 갈 때는 가벼운 몸으로, 나올 때는 무겁게 나온다는 것은 뭔가가 있다는 것이겠지. 가슴 부위를 잘 봐봐."

그 말에 지나가는 이들의 가슴 부위를 살피자 과연 부자연스러운 모습이 잡힌다.

젓가락을 들며 태현은 말했다.

"이것 역시 저들이 살아가는 방식이겠지. 일단 먹고 주변을 살펴보도록 하자."

"…네."

어쩔 수 없다는 듯 대답하며 선휘가 젓가락을 든다.

그녀도 알고 있었다.

저것 역시 세상을 살아가는 방법 중 하나라는 것을.

개봉 인근에 조성되어 있는 대규모의 무덤.

몇 나라의 수도였던 개봉이기에 황족들이 묻힌 무덤들이 상당히 많았다.

그런 무덤들이 모여 어지간한 일개도시 규모를 이루고 있으니 그 크기와 넓이는 어마어마한 것이었다.

개봉에서 멀지 않은 위치에 있는데다, 무덤이 즐비한 곳이다 보니 어지간한 사람들은 이곳을 잘 찾질 않지만 이곳에서 생활 터전을 꾸리고 살아가는 자들이 있었다.

극빈층의 사람들.

하루 벌어 하루를 먹고 사는 것조차 힘든 이들이 하나둘 모여 마을을 이루게 된 것이다.

마을이라곤 해도 하나 같이 당장이라도 무너져도 이상하지 않을 판잣집이 대부분이었다.

젊은 사람은 없고 그 대부분이 노인들이나 아이들로 이루어져 있었다.

아이들이 조금이라도 성장을 하면 돈을 벌어 이곳을 벗어나고 싶어 했기 때문이다. 어쩌면 당연한 일이지만 기이하게도 이곳의 인구는 줄어들긴 커녕 매년 조금씩 늘어나고 있었다.

"이곳의 사람이 늘어날수록 나라의 상황이 그리 좋지 않다고 생각해도 되겠지."

"이곳에서 살아가는 아이들은 하루라도 배불리 먹어보는 것이 소원일 정도로 굶주려있어요. 제가 그랬듯이."

쓰게 웃으며 고개를 내젓는 선휘.

사부를 만나며 상당히 좋아졌었지만 그 이전까지만 하더라도 말도 할 수 없을 정도였다. 뭔가를 먹는 것보다 굶는 것에 익숙해져 있었으니까.

게다가 병 때문에 상당히 고생을 하고 있었으니 더욱 그러했다.

그런 과거가 떠오른 것인지 주변을 둘러보는 선휘의

눈은 크게 흔들리고 있었다.

하지만 불쌍하다고 해서 자신이 이들 모두를 도울 수 없다는 것도 잘 알고 있었다.

당장 가진 것이 있기는 하지만 꾸준히 저들을 도울 순 없다.

물론 어느 정도 도움이 될 수는 있겠지만 그것이 아이들의 삶에 어떤 영향을 끼치게 될 것인지 알 수 없기에 섣불리 나설 수 없었다.

경험상 생각 없는 도움은 자칫 아이들끼리의 분란을 만들곤 했기 때문이다.

그렇게 선휘가 흔들리는 사이 태현은 사람들에게 한 사람의 행방을 꾸준히 묻고 있었다.

한참을 묻고 물어 두 사람이 도착한 곳은 마을에서도 가장 외곽이었다.

대규모의 무덤이 조성되어 이는 지역이니 만큼 흉흉한 소문이 도는 곳도 상당히 있었는데, 이곳 역시 그런 곳 중의 하나였다.

그렇기에 사람들도 잘 접근하질 않는 곳이었다.

"이런 곳이라니…."

이곳으로 오는 동안 허름한 집은 꽤 있었지만 이곳의 상태는 가히 최악이었다.

덕지덕지 엮어 놓은 짚을 지붕 삼아 천막과 같이 집을 만들어 놓은 것이다.

집이라도 부르기 민망할 정도였다.

어지간한 거지들도 이렇게 해놓고 사는 것이 드물 정도이니, 놀라지 않을 수 없다.

거력신마에게 듣길 자신이 떠난 이후 가문이 쇠락의 길을 걷기 시작했다고 듣긴 했지만 그렇다고 이 정도일 줄은 몰랐다.

무려 칠성좌의 일인인 거력신마를 배출한 가문.

천력파가(天力杷家)이지 않은가.

부자가 망해도 3대는 간다고 했다.

천력파가는 거력신마 뿐만 아니라 대대로 뛰어난 고수들을 배출해온 가문으로 무림에서도 적잖이 알려진 곳이다.

그런 천력파가가 이렇게까지 몰락했다는 것은 선뜻 이해하기 어려운 일이었다.

"손님인가?"

쿵-.

갑작스레 뒤편에서 굵은 목소리와 함께 튼실한 멧돼지를 어깨에서 내려놓는 한 사람.

태현과 비슷한 키에 허리까지 오는 긴 머리를 목 뒤에

서 질끈 묶은 모습.

얼굴에 가득한 검댕이들.

당당한 눈빛을 내보이는 그녀의 등장에 태현은 적지 않게 놀랐다.

천력파가의 후예가 여인일 것이라곤 조금도 생각해보지 않았기 때문이었다.

"누군지 모르겠지만 날 만나러 온듯하니 일단 누추하긴 하지만 들어오쇼."

천막 안으로 안내하는 그녀의 걸걸한 말투에 대답을 할 틈도 없이 성큼성큼 안으로 들어가 버리는 그녀.

그 모습에 놀란 듯 잠시 서로의 얼굴을 바라보다 곧 안으로 들어갔다.

겉보기와 달리 천막 안은 상당히 넓었다.

바닥을 파서 바람을 막고 보온을 할 수 있는 구조로 만들어 놓은 것이다.

천막 자체는 그저 비를 막는 정도의 용도로만 사용될 뿐이다.

덜썩.

"편하게 앉으쇼."

아무렇지 않게 바닥에 앉아 자리를 권하는 그녀를 따라 맞은편에 앉는 태현과 선휘.

바닥에 깔린 각종 짐승들의 가죽 덕분에 바닥이긴 했지만 꽤나 편했다.

"여기까지 오는 사람은 거의 없는데 무슨 일이요?"

"이야기를 하기 전에 하나 묻지요. 당신이 파강호입니까?"

"응? 당신이 어떻게 아버지 이름을 알고 있지?"

"아버지? 그렇다면 그분은…?"

"몇 년 전에 돌아가셨지. 그보다 당신들 뭐야?"

삐닥한 시선으로 자신을 바라보며 말을 하는 그녀에게 태현은 고개를 숙이며 대답했다.

"돌려 드려야 할 것이 있어서 찾았습니다만, 많이 늦은 모양이로군요."

"돌려줘야 할 것?"

품에서 조심스럽게 책 한권을 꺼내어 내려놓는 태현.

"천력신공(天力神功)입니다. 거력신마 사부님께서 말씀하시길 꼭 가문에 돌려보내 달라는 부탁이 있으셨…"

"음… 천력신공이라? 말만 들었지 설마 아직도 있을 것이라곤 생각지도 못했는데 말이야. 그런데 이거 진짜인 건가?"

태현의 말이 끝나기도 전에 무공서를 집어 든 그녀가 이리저리 펼쳐보더니 곧 무공서를 뒤편으로 던져 놓는다.

"하긴 이젠 아무래도 상관없지만."

"……."

아무렇지 않게 가문의 비공을 다루는 그녀의 모습에 태현이 놀라자 그녀는 피식 웃으며 말했다.

"뭐, 어쩌라고."

그 한마디에 자신도 모르게 벌어지는 입을 다물 수 없는 태현이었다.

타닥, 탁.

지글지글.

활활 타오르는 모닥불 위에서 먹음직스럽게 익어가는 멧돼지. 지글거리는 소리와 그 냄새가 이미 최고의 맛을 예고한다.

푹-.

작은 칼을 멧돼지 허벅지에 찔러 넣어 고기가 익은 것을 확인한 그녀가 익숙한 듯 칼을 움직여 고기를 베어 낸다.

"대접할 건 없고. 이거라도 드쇼."

"가, 감사합니다."

"캬하하하! 딱딱하게 굴지 말고 편하게 말하쇼. 내가 이렇게 보여도 아직 어린 몸이니까. 집안 내력 때문에 남들보다 좀 클 뿐이지. 이런 곳에서 자라다 보니 말투가 이런데 이해하쇼. 억울하면 같이 하던가."

파락호들이나 사용하는 말을 툭툭 아무렇지 않게 내뱉는 그녀를 보며 태현과 선휘는 어색하게 웃었다.

선휘야 그래도 익숙하지만 태현은 이런 말투를 사용하는 사람과 대면한 것이 거의 처음 있는 일이었다.

"아참. 난 파설경. 너흰?"

그제야 자신들 소개를 하지 않았단 사실을 깨달은 태현과 설휘는 서둘러 인사했다.

그 모습에 파설경은 크게 웃었다.

"캬하하하! 그럴 필요 없어. 일단 먹어! 먹자고. 다 먹고 살려고 하는 짓인데, 먹는 게 남는 거지. 안 그래?"

우걱우걱.

말을 마치기 무섭게 뒷자리를 통째 들고서 뜯기 시작하는 그녀.

능숙하게 멧돼지를 해체하여 굽는 것이며, 먹는 자세까지.

익숙하지 않으면 하기 어려운 것들이었다.

여자 혼자의 몸으로 멧돼지를 사냥하고 그것을 또 익숙하게 요리한다는 것은 보통 어려운 일이 아니었다.

아니, 요리야 그렇다 치더라도 사냥을 한다는 것은 결

코 쉬운 일이 아니었다.

특히 개봉과 같은 대도시 근처에서 이만한 크기의 멧돼지는 쉬이 발견하기 어려운 놈이다.

'운이 좋았던가 아니면 아예 다른 곳에서 잡아왔던가. 둘 중 하나인가?'

"그런데 당신. 할아버지 제자라고 했던가? 할아버지는 돌아가신 거겠지?"

우물우물.

입 안 가득 음식을 넣은 채 말을 하는 그녀에게 태현은 묵묵히 고개를 끄덕였다.

"역시. 하긴 시간이 있으니. 그래도 당신 같은 제자를 둔 것을 보니 꽤 오래 사신 것이겠지. 그런데 뭘 익힌 거야? 우리 가문의 피가 아니라면 천력신공을 익힐 순 없었을 테고⋯ 그렇다고 다른 무공이 있을 리도 없고."

"배워야 하는 것은 무공만 있는 것이 아닙니다."

"그래? 무공 익힌 놈들은 전부 무공에 미쳐있다고 생각했는데 그것도 아닌 모양이네?"

찌익.

길게 다리 고기를 찢어 먹는 그녀.

태연한 말이지만 그 안에 담긴 뜻은 여러 가지였다.

"누군가 찾아왔었습니까?"

"그렇지 않다면 이런 곳에 있을 필요가 없잖아. 우리 핏줄만 익힐 수 있는 것이 천력신공인데 아랑곳하지 않고 다짜고짜 찾아오는 놈부터 여러 잡놈들이 있었지. 들어서 알고 있는지 모르겠지만 저게 없어지는 바람에 꽤 힘들었지. 뭐, 타고난 힘이 있으니 어느 정도 버틸 수 있었지만."

편하게 이야기를 하며 고기를 씹는 그녀.

말은 그렇지만 꽤나 고생을 한 것이 분명하다.

으적, 휙.

그 짧은 사이 뒷다리 하나를 해치운 파설경은 옷자락으로 대충 입을 닦은 뒤 던져 놓았던 천력신공을 집어 들었다.

"이게 뭐라고… 쯧."

혀를 차곤 다시 뒤편으로 던져 놓는 그녀.

그 모습에 태현은 접시를 내려놓으며 물었다.

"익히지 않을 겁니까?"

"거 딱딱하게 말할 필요 없다니까 그러네. 하긴 내가 손해 보는 것도 아니고 상관은 없나?"

"…익히지 않을 생각인가?"

"그 정도로 타협할까?"

히죽 웃으며 파설경은 똑바로 태현을 쳐다보며 입을 열었다.

"무공은 익히는 나이가 중요하다고 들었어. 그런데 내 나이에 처음부터 익힐 수 있을 것이라고 생각해? 못하지. 게다가 하루하루 먹고사는 것이 급한 마당에 무공을 익힌다? 어려운 일이지."

"사부님께서 말씀하시길 천력신공은 타 무공과 그 궤를 달리하기 때문에 나이와 관계없이 시작 할 수 있다 들었다."

"그래? 그건 몰랐네. 하지만 그래서 뭐? 사정이 달라지는 건 아니지."

이미 관심 없다는 듯 행동하는 그녀를 보며 태현은 긴 한숨을 내쉰다.

그녀는 이제까지 자신이 본 그 누구보다 자유로운 사람이었다.

좀 더 지켜봐야 하겠지만 지금까지의 행동과 말투에서 그것이 느껴지고 있었다.

그리고 그것이 거력신마와 닮아있었다.

"게다가 이 무공으로 인해 가문의 많은 사람들이 죽었는데, 내가 곱게 볼 수 있을까? 차라리 내 손으로 없애는 편이 더 나을 수도 있지."

"가문의 복수 같은 건…?"

"캬하하하! 귀찮게 왜? 내가 하고 싶은 것만 하고 살아

72

도 부족한데 뭐 하러 복수 운운하면서 다녀야 하는 거야?
귀찮은 일에 얽히는 것도 싫어. 이제와 좀 조용해져서 살
만해졌는데 수라장에 다시 발을 딛을 필요는 없지."

단호한 그녀의 말에 태현은 크게 놀랐다.

설마하니 이렇게까지 확고한 생각을 가지고 있을 것이
라곤 조금도 생각하지 못했던 것이다.

'나와는 확실히 다른 사람이구나.'

태현과 정반대의 사람.

그것이 태현의 호기심을 불렀다.

어지간한 남자들과 엇비슷한 키를 지니고 있는데다,
허름한 옷을 입고 있어 잘 몰랐지만 움직일 때마다 조금
씩 드러나는 그녀의 몸매는 비율만 놓고 보자면 선휘보다
나을 정도였다.

키가 큰 만큼 몸의 다른 부위 역시 성장한 것이다.

천력파가의 직계 후손들은 뛰어난 육체를 타고 나는데
파설경 역시 마찬가지였다.

"며칠 근처에 머물며 함께 다녀도 괜찮겠나?"

"마음대로 해. 여기가 내 땅도 아니고."

손을 휘휘 저으며 간단하게 대답하는 그녀를 보며 태
현은 고개를 끄덕였다.

그에 놀란 것은 선휘였다.

이곳에서 지내는 것이 문제가 아니라 설마하니 태현이 그런 말을 할 줄은 몰랐기 때문이었다.

그동안 바쁘게 쫓기는 듯 움직이던 태현이었기에 더욱 그러했다.

'하지만 이것도 나쁘지 않을 지도. 사형에게도 휴식이 필요할 테니. 게다가… 궁금하긴 해.'

선휘도 그녀 파설경에 대한 궁금증이 일고 있었다.

어쩌면 그녀가 자신이 추구해야 할 길에 대한 답을 줄 수 있을 것도 같았다.

파설경의 하루는 간단했다.

아침 일찍 일어나 간단하게 몸을 풀고선 곧장 산으로 향한다. 개봉 인근에는 비슷한 처지의 사람들이 많아 구할 수 있는 것들이 적기 때문에 제법 멀리 떨어진 산으로 간다.

보통 사람이라면 엄두도 내지 못했을 거리지만 그녀는 어렵지 않게 산을 탔다.

타고난 육체적 능력이 뛰어나니 삼류무인보다 나을 정도다.

그렇게 도착한 산은 사람들의 인적이 드물어 그녀의 경쟁자가 거의 없었다.

74

"멀어서 그렇지 이쪽은 사람이 없어서 돈이 될 만한 약초가 많아. 운이 좋다면 어제 같은 멧돼지라도 한 마리 잡을 수 있지."

"흠… 다른 일을 할 생각은 해보지 않았나?"

"여자들이 할 수 있는 일은 대부분 정해져 있지. 게다가 내 덩치를 생각다면 할 수 있는 일은 더욱 줄어들게 되고, 내 성격상 꼼꼼하게 뭔가를 처리한다는 것도 맞질 않지. 결국 할 수 있는 일의 선택지가 많지 않게 되지. 중요한 것은 나는 지금의 삶에 만족하고 있다는 것이지. 굳이 남들처럼 아등바등 살고 싶은 마음은 없으니까."

"결혼은?"

"좋은 인연이 생기면 가겠지만… 그렇지 않다면 굳이 할 생각은 없는데?"

너무나 가볍게 이야기하는 그녀.

천력파가의 마지막 후예이면서도 가문의 미래, 후계에 대해 조금도 생각하지 않는 그녀를 보며 태현은 얼굴을 찌푸렸지만 별 다른 말을 하진 않았다.

서로의 생각이 다른 것은 어쩔 수 없는 일이다.

입장과 생각은 누구도 같을 수 없기 때문이다.

다만, 지금 태현으로선 쉬이 그녀를 이해 할 수 없었다.

그것을 눈치 챈 파설경은 파안대소를 터트리며 손을 내저었다.

"푸하하핫! 그렇게 심각한 눈으로 볼 필요 없어. 사람이 모두 같을 수는 없는 것이고, 중요한 것은 내가 지금에 만족하고 있다는 것이니까. 자신에게 부족한 것을 채워 줄 수 있는 사람이 생기면 모를까 적어도 지금은 괜찮아. 게다가 이대로 가문이 사라진다 하더라도… 그것 또한 운명이겠지."

팍팍.

말을 마치자마자 약초를 캐는 그녀.

파설경의 뒤에 서서 태현은 그녀의 모습을 지켜보았다. 그렇게 하루가 지나고, 이틀이 지나고… 열흘이 지났다.

거의 매일 일정한 시간에 일정한 움직임을 보이는 파설경.

비라도 오지 않고선 그녀는 항시 비슷한 동선을 유지하며 움직이고 있었다.

무림인들과 비슷한 생활.

하지만 전혀 달랐다.

무림인들이 규칙적인 생활을 하는 것은 무공을 익히는 데 조금이라도 더 도움이 되기 위해서이지만, 그녀가 규칙적으로 움직이는 것은 생존을 위해서이다.

하루는 왜 이렇게 힘들게 움직이냐고 물었다.

그랬더니 파설경이 말하길.

"내가 원하는 것이 있다면 당연히 일해야지. 그저 앉아서 바라기만 하는 것은 굶어죽기 딱 좋지. 안 그래?"

자신이 원하는 삶을 살기 위해 노력한다.

간단한 발언과 행동.

그 작은 행동에 태현이 얻은 것은 이루 말할 수 없을 정도였다.

무영.

그가 왜 죽어가면서까지 자신에게 재미없는 삶을 살아간다고 했던 것인지 이젠 조금씩 이해가 되기 시작했고, 그날부로 태현은 더 이상 그녀를 쫓아다니지 않았다.

근처에 만든 임시 숙소에 앉은 채 하루 종일 생각에 또 생각을 거듭했다.

이제야 떠오르는 사부들의 마지막 말.

"복수보단 네 뜻대로 살아라."

'난… 무엇을 위해….'

가부좌를 틀고 앉은 태현의 몸이 조금씩 떠오르기 시작한다.

뿐만 아니라 그의 몸에서 흘러나온 기운들이 선명한 빛을 내며 운무처럼 깔리기 시작하고…

그의 몸 안에 잠들어 있던 기운들이 하나 둘 소화되기 시작했다.

막대한 내공을 지닌 태현이지만 그의 몸에는 잠재되어 있는 기운이 더 많았고, 그것들이 천천히 하나로 뭉치고 있었다.

그런 주변 상황도 알지 못한 채 태현은 끊임없이 고민했다.

앞으로 자신이 걸어야 할 길에 대해.

†

와그작!

막 캐낸 더덕을 물에 씻어 게걸스럽게 씹어 먹는 파설경.

적당히 배를 채우자 주변에 사람이 없는 것을 확인하곤 천천히 누더기 같은 옷을 벗는다.

스륵.

드러나는 그녀의 몸.

완벽하다고 해도 좋을 정도로 균형이 잡힌 몸매와 꽤 큰 가슴이 유난히 눈에 띈다.

까무잡잡한 피부가 오히려 그녀와 잘 어울렸다.

첨벙.

아직 차가운 물이지만 서슴없이 몸을 담근 그녀는 천천히 몸을 씻어낸다.

구정물이 꽤나 흘러나온다.

이곳이 사람들이 거의 찾질 않는 곳이라 하더라도 그동안 꽤 추운 날이 지속되는 바람에 제대로 씻을 수가 없었다.

뽀득뽀득.

돌 하나를 들어 몸을 문댄다.

첨벙, 첨벙!

얼굴을 씻어내자 천천히 드러나는 그녀의 맨 얼굴.

선휘와 같은 초인적인 미모는 아니었으나 누구나 한 번쯤 돌아보게 만들 아름다운 얼굴을 지니고 있었다.

거기에 그녀의 균형 잡힌 몸매가 어울리니 선휘에게도 꿀리지 않을 정도다.

다만 그녀의 몸 구석구석에 나 있는 상처들.

그 상처들이야 말로 그녀가 지금의 삶을 살기 위해 얼마나 많은 노력을 했는지에 대한 증거였다.

"캬하하하!"

돌연 웃음을 토해내는 그녀.

"재미있는 사람들이란 말이야. 할아버지는 대체 어떻게 저런 사람을 제자로 받아들인 거지?"

태현과 선휘를 떠올리며 웃는 그녀.

사실 파설경은 할아버지인 거력신마에 대한 기억이 거의 없었다.

아니, 태어나서 단 한 번도 못 봤다.

자신의 아버지 대에 모습을 감추었으니 어쩌면 당연한 일이었다. 물론 귀에 딱지가 앉을 정도로 많이 듣긴 했지만 말이다.

"천력신공이라…"

물에 몸을 푹 담구는 그녀.

태현에겐 관심이 없다고 이야기 했지만 어찌 관심이 없을 수 있겠는가.

가문의 비공이고 어릴 적부터 계속해서 들어왔던 무공이 눈앞에 있는 것이었으니.

그렇다고 해서 천력신공을 익힐 생각은 조금도 없었다.

무림인이라 불리는 자들의 집착과 탐욕이 어떠한 것인지 누구보다 잘 알기 때문이었다.

몸으로 겪은 일이기도 했고.

그렇기에 그녀는 무림인이 되기 싫었다.

최대한 평범한 삶을 즐기고 싶었다.

촤악-!

"후, 시원하다."

개운한 표정으로 밖으로 나온 그녀는 가져온 깨끗한 천으로 몸을 닦은 뒤 다시 누더기 옷을 입었다.

뿐만 아니라 강변에서 진흙을 골라 얼굴에 조금씩 문질렀다. 그러자 깨끗해졌던 얼굴이 다시 더러워진다.

없는 자들에게 뛰어난 미모는 화(禍)를 불러온다는 사실을 잘 알고 있는 그녀이기에 일부러 그러는 것이다.

과거 선휘가 그러했듯 말이다.

"그래도 오늘은 제법 벌 수 있을 것 같으니, 배불리 먹일 수 있겠어."

묵직한 약초 주머니를 들어 올리며 만족스런 미소를 지은 그녀가 집을 향해 발걸음을 재촉한다.

스스스.

아주 천천히.

눈에 보이지도 않을 정도로 천천히 주먹을 내지르고 발을 높이 들어 발차기를 한다.

동작을 빠르게 하는 것은 쉽지만 반대로 느리게 하는 것은 무척이나 어려운 일이다.

정권 찌르기 한 번에 무려 일다각을 쏟아낼 정도라면 더욱 그렇다.

덕분에 태현의 온 몸은 땀으로 흠뻑 젖어들어 있었고, 옷이 들러붙으며 몸의 굴곡이 고스란히 드러난다.

"후우⋯."

숨을 내쉬며 몸을 원상태로 돌린 태현은 옷이 방해되자 곧 윗옷을 벗어 한쪽에 던져두곤 다시 방금 전의 동작을 이어나간다.

이렇게 동작을 천천히 이어나가면 어렵고 힘이 들지만 반대로 자신의 몸 상태를 확실히 알 수 있었다.

온 몸의 근육을 사용해야하고 정신을 집중해야하기 때문에 몸 상태를 알아내는데 가장 좋은 방법 중 하나였다.

'온 몸에서 이제까지와 비교 할 수 없을 정도로 힘이 넘치고 있어. 끓어 넘치는 힘이지만 내 뜻대로 쉽게 움직인다. 신기하군.'

자신의 몸이지만 신기하게 느껴질 정도로 지금 몸 상태는 최상이었다.

이렇게까지 몸 상태가 좋다고 느껴본 적이 한 번도 없
었다고 생각될 정도로 말이다.

팡!

파팡!

점차 빨라지기 시작하는 그의 움직임.

요란하게 허공을 때리는 소리가 들리기 시작할 무렵이
었다.

'응?'

착.

움직임을 멈추며 한쪽을 바라보는 태현.

그곳은 사람들이 많이 거주하는 방향으로 어린 아이들
의 기척이 조금씩 잡히고 있었는데, 그 방향이 파설경의
집이 있는 곳이었다.

'무슨 일이지?'

이제까지 보이지 않던 움직임에 이상함을 느낀 태현은
삼매진화로 흠뻑 젖었던 옷을 말려 입으면서 그녀의 집으
로 향한다.

보글보글-.

탁탁탁!

빠른 손놀림으로 야채를 썰어 끓어오르는 대형냄비에

집어넣은 그녀는 곧이어 쌀이 가득 든 냄비를 휘젓는다.

간단하게 만들 수 있는 야채죽.

하지만 냄비의 크기를 생각하면 그 양은 어마어마한 것이었다.

파설경 혼자서 먹는다곤 결코 생각 할 수 없는 양.

"빨리 좀 썰어. 그 정도도 못해?"

"자, 잠시만요."

그녀의 닥 달에 선휘는 빠르게 팔을 놀린다.

손에 쥐어진 식칼이 화려하게 움직이며 야채를 손질한다.

갑작스레 불려 나와 야채를 썰라고 했을 때는 그러려니 했는데, 시간이 갈수록 그녀가 처리해야 하는 양이 늘어나고 있었다.

도무지 줄어들질 않는다.

그렇다고 파설경에게 못하겠다고 할 수도 없는 것이 그녀는 자신보다 훨씬 더 많은 일을 하고 있는 것이다.

그러고 보니 주변에 걸린 냄비가 한 두 개가 아니었다.

"이건 뭐지?"

때마침 태현이 오며 묻자 파설경은 웃으며 그를 반겼다.

"시간 맞춰서 잘 왔네. 와서 좀 저어."

태현이라고 해서 예외는 없었다.

잠시 후 태현과 선휘는 왜 이 많은 죽을 그녀가 끓이고, 이곳을 향해 아이들이 오고 있었던 이유를 알 수 있었다.

하나 같이 그릇과 숟가락을 품에 안고 있었던 것이다.

익숙한 듯 어린 아이와 다친 아이들이 앞에 줄을 서고 상태가 괜찮은 아이들이 뒤에 줄을 선다.

익숙하다는 증거다.

"자자, 오늘도 배불리 먹고 가라! 싸우지 말고! 알겠지?"

"네!"

그녀의 외침에 일제히 대답하는 아이들.

그와 함께 배식이 시작되었다.

파설경은 아이들이 가져온 그릇이 크든 작든 개의치 않고 가득가득 죽을 담아 주었다.

그릇이 작은 아이들은 혼자 힘들게 살고 있는 아이들이고, 그릇이 큰 아이는 여기서 받은 죽을 남겨 집에 가져가려는 것이다.

여러 가지 이유가 있겠지만 그녀는 굳이 묻지 않았고, 아이들 역시 말하지 않았다.

배식은 근 한 시진에 걸쳐서 끝이 났고 아이들은 각자 인사를 하며 집으로 돌아갔다.

"하, 이제야 좀 쉴 수 있겠네. 캬하하하, 처음 해보는 일이라 제법 힘들었지?"

"음…."

신음만 흘릴 뿐 쉬이 대답하지 못하는 두 사람.

무공을 익히며 체력적으로 강해졌다곤 하지만 이런 일이 처음인 두 사람으로선 꽤 힘든 일이었다.

"그럴 거야. 사람은 자신이 익숙하지 않은 일을 할 때 빠르게 지치는 법이니까. 일단 좀 앉아 있어."

잠시 집에 들어갔다가 다시 나오는 그녀의 손에는 찻잔이 들려 있었다.

상당히 오래된 찻잔이다.

"약초를 다려서 만든 차야. 좀 쓰겠지만 몸엔 좋은 것이니까 마셔."

덜썩.

편하게 자리를 잡고 앉은 그녀가 두 사람을 보며 말문을 열었다.

"봤겠지만 내가 버는 돈의 대부분은 이렇게 사용돼. 많이 벌면 많이 먹이는 거고, 작게 벌면 작게 먹이는 거지. 그렇다고 내가 부자인 것도 아니니까 한 달에 한 번 정도 아이들 불러다가 밥 먹이는 거지."

"힘든 일일 텐데…."

설화의 말에 그녀는 고개를 끄덕인다.

"당연히 힘들지. 그래도 녀석들이 웃는 모습을 보는 것만으로도 충분히 힘이 나. 한 달에 겨우 한 번이지만 그것만으로도 충분히 저 아이들이 살아갈 힘을 얻을 수 있는 것이니까. 당장은 힘들겠지만 나중에는 고아들을 거둬다가 먹이고 가르치고 싶어. 우리라고 해서 평생 이런 곳에서만 지낼 수는 없잖아."

"어려운 일이 될 거예요. 그렇지 않은 아이들도 있겠지만 시간이 지날수록 악용하려는 아이들도 생길 테고요."

"똥이 무섭다고 안 눌 수는 없잖아? 똑같은 거야. 중요한 것은 아이들에게 나도 할 수 있다는 희망을 심어주는 거니까. 사람이 꿈이 있어야 살 수 있지, 그렇지 않다면 하루하루 살아가는 것조차 고통일 뿐이야."

후룩.

담담히 말을 하며 차를 마시는 파설경.

선휘는 이런 곳에서 자랐기에 그녀의 말이 얼마나 어려운 것인지 알 수 있었다.

나라님도 백성의 배고픔은 쉬이 구제 할 수 없다고 했다.

그만큼 어려운 일이라는 것이다.

하지만 정작 그녀는 어려운 길을 걸으려 하고 있었다. 다만 자신이 할 수 있는 범위 안에서 만이라도 말이다.

누구나 할 수 있는 생각이지만 결코 행동으로 옮기기 어려운 일.

그에 선휘는 조용히 그녀를 향해 고개를 숙였다.

"캬하하하! 그럴 필요 없어. 나 좋다고 하는 일이지, 누구한테 칭찬을 받으려고 하는 일이 아니니까."

웃으며 손사래를 치는 그녀.

그때였다.

"어, 언니! 도, 도와주…!"

철퍼덕!

다급히 뛰어오던 여자 아이가 돌 뿌리에 걸려 넘어진다. 하지만 금방 자리에서 일어서더니 파설경에게 달려온다.

"혜야?!"

알고 있는 아이인 듯 깜짝 놀라며 자리에서 일어서는 그녀.

"어, 엄마가. 엄마가!"

울먹이며 그녀의 품에 안겨 제대로 말도 하지 못하는 아이를 들쳐 안은 그녀가 빠르게 움직인다.

보고만 있던 태현과 선휘가 재빨리 뒤를 쫓았다.

아이의 집은 당장이라도 쓰러져가는 움막이었다.

다급히 안으로 들어서자 당장이라도 숨이 끊어질 것 같은 여인이 창백한 얼굴로 자리에 누워있었는데, 그리된 지 꽤나 오랜 시간이 흐른 듯 했다.

"혜아 엄마! 괜찮아요? 내 목소리 들려요?"

조심스레 그녀의 맥을 짚으며 크게 소리치는 파설경.

하지만 돌아오는 대답은 없다.

"빨리 의원에게…."

다급히 그녀를 들쳐 업으려는 것을 재빨리 막은 태현이 앞으로 나선다.

"이럴 때 충격을 주면 자칫 돌이킬 수 없다."

곧장 진맥을 실시하는 태현.

의원은 아니지만 거의 의원에 달하는 지식을 가지고 있는 태현이기에 금세 그녀의 문제를 찾았다.

"영양상태가 그리 좋지 않군. 선휘. 가서 죽을 끓일 재료를 사와라. 영양가가 충분한… 닭죽이 괜찮겠군. 그리고 약방에 들러서…."

태현의 신속한 지시에 선휘는 고개를 끄덕이곤 밖으로 나선다.

"제일 큰 문제는 영양상태가 좋지 않다는 것이고, 그다음 문제는 소장이 그리 좋질 않아. 그래도 다행히 이건 꾸준히 움직이고 약을 먹으면 괜찮아질 것 같군."

"확실한 거야?"

"날 믿어라."

"……."

그 한 마디에 파설경은 아무런 말을 할 수 없었다.

그 뒤로도 선휘가 오기 전까지 이곳저곳 진맥을 하며 간단하게 점혈과 지압으로 치료를 마친 태현은 선휘가 약재를 사고자 곧장 탕약을 만들었다.

"그리 비싸지 않은 것들로만 만든 것이니 어렵지 않게 구할 수 있을 거다. 꾸준히 두 달 정도만 복용을 하면 나을 수 있겠지."

"고, 고마워."

고개를 끄덕이며 안도의 한숨을 내쉬는 파설경.

곧 죽이 완성되자 이제 조금씩 호흡이 안정되며 정신을 차린 그녀에게 먹인다.

그것을 확인한 태현은 선휘와 함께 파설경의 거처로 먼저 돌아왔다.

하지만 정작 문제는 얼마 뒤였다.

소문을 들은 사람들이 태현에게 치료를 받겠다고 몰려

든 것이다.

파설경이 난처한 얼굴로 태현을 보았고, 그는 작은 한숨과 함께 나서야 했다.

움직이지 않았다면 모를까 한 번 나선 이상은 어쩔 수 없는 일이었다.

단, 이번이 처음이자 마지막이라는 단서를 달고서 말이다.

NEO ORIENTAL FANTASY STORY

第 4 章.

亂劍武林 난검무림

第 4 章.

"무영이 죽어?"

그가 의외라는 듯 턱을 쓰다듬자 기다렸다는 듯 자영이 입을 열었다.

"의외의 인물이 방해를 했습니다. 당시에는 그에 대해 알 수 없었습니다만, 정보를 조합하는 도중 정체를 알 수 있었나이다."

"누구지?"

"청홍검의 주인입니다."

자영의 답에 그는 말없이 턱을 쓰다듬는다.

그러길 잠시.

"확실하느냐?"

"몇 번이고 확인을 했습니다. 결정적으로 그가 들었던 검이 청홍으로 판명되었습니다."

"재미있겠다 싶었더니 방해를 하는 군."

"어찌 하나이까?"

"흠… 현재 움직일 수 있는 녀석들은?"

"적영은 아직 회복 중이오나, 백영이 얼마 전 회복이 끝났다는 보고가 올라왔습니다. 그 외에는 전원이 투입되어 있습니다. 저 역시 이후 다른 계획을 진행할 예정입니다."

"백영이라… 나쁘지 않은 선택이로군. 놈을 처리하고 청홍을 회수하는데 투입해라."

"그리 전하겠습니다."

"청홍?"

"그래. 주군께서 명하셨다. 자세한 것은… 알고 있겠지?"

"흐흥, 그래. 내가 알아서 하지."

얼굴 전체를 붕대로 감고 있는 백영을 뒤로 하고 자영이 방을 나가자 그는 기다렸다는 듯 자리에서 일어서더니 옆방의 문을 열었다.

드르륵-.

작은 소음과 함께 열린 방에는 수도 없이 많은 인피면구들이 허공에 걸려있었는데 그 대부분이 만든 지 얼마 되지 않은 것들이었다.

"흐응~. 역시 인피면구는 진짜를 써야해."

즐거운 음색을 내며 이것저것을 둘러보는 그.

경악스럽게도 이곳에 걸려있는 수십의 인피면구 전부가 진짜 사람의 얼굴에서 떼어내 만든 것들이었다.

그날 석산에서의 사고로 인해 얼굴이 엉망이 되어버린 이후 백영은 자신의 얼굴을 가려 줄 인피면구에 집착을 하기 시작했고, 결국 이렇게 진짜 사람의 얼굴을 사용하게 된 것이다.

얼굴을 가린 붕대를 걷어내자 선명하게 드러나는 상처들.

도저히 사람이라 생각되지 않을 정도의 얼굴이지만 그는 재빨리 인피면구를 뒤집어쓴다.

꼼꼼하게 뒤처리까지 하고 난 뒤 전신을 비추는 거울을 바라보는 그.

"흐흥, 나쁘지 않네."

완벽하게 미녀로 탈바꿈한 그.

이곳에 걸려있는 인피면구 모두가 여인의 것들이었고, 하나 같이 미녀들이었다.

"자… 그럼 어떤 놈인지 보러 가볼깡? 흥흥."

즐거운 얼굴로 방을 나서자 어느새 백영의 수하들이
뒤를 따른다.

†

큰 생각 없이 베풀었던 일이 커졌다.

소문을 듣고 사람들이 몰려들기 시작한 것이다.

그 자리에 있던 사람들만 치료를 해주기로 했었지만 막
무가내로 자리를 지키고 있는 이들이 점차 늘기 시작했다.

그들 중에는 딱한 이들도 있어 태현이 움직이려 했지
만 그를 막은 것은 선휘가 아닌 파설경이었다.

"불쌍하다고 해서 약속을 깨고 돕기 시작하면 다른 사
람들 모두를 도와야해. 매몰차다 생각 할 수 있겠지만 어
쩔 수 없는 일이야."

쓰게 웃으며 시선을 돌리는 파설경.

불쌍하긴 하지만 이것이 현실이었다.

말은 하지 않았지만 그녀가 매달 한 번 하고 있는 아이
들을 대상으로 하는 식사 공급도 이곳 아이들에 한해서
하고 있었다.

다른 구역의 아이가 온다면 가차 없이 돌려보내곤 했다.

98

불쌍하다고 해서 하나 둘 도와주다보면 본래 돕던 이들까지 도울 수 없게 되어버리기 때문이었다.

시간이 지나면 흩어질 것이라 생각했지만 며칠이 지나자 자신들의 생각이 틀렸음을 세 사람은 인정해야 했다.

날이 갈수록 사람들이 늘어나고 있었던 것이다.

이대로라면 마을에도 피해를 주게 될 것이 뻔했다.

"아무래도 이곳을 떠나야 하겠어."

그날 밤 굳은 얼굴로 파설경이 이야기를 하자 어느 정도 짐작하고 있던 태현과 선휘는 고개를 끄덕이며 동의했다.

어차피 돌볼 수 없는 사람들이라면 뒤돌아보지 않고 거리를 벌리는 것이 나았다.

"내가 돌아가고 나면 이 소란이 좀 가라앉겠군. 말이 나온 김에 지금 바로 움직이도록 하지. 선휘 넌 짐을 챙겨라."

태현의 말에 고개를 끄덕이며 자리에서 일어서려는 그녀를 막으며 파설경이 입을 연다.

"나도 같이 가. 일이 이렇게 커져버려서 나도 이곳에 머물 수 없게 되었으니까. 차라리 이렇게 된 것 널 따라다니면서 의술(醫術)을 배우는 것이 낫겠어. 나중에 도움이 되도 될 테고."

"이곳을 떠난다고?"

"별 수 없잖아. 네가 떠난다고 해서 쉽게 물러날 사람들이 아니니까. 차라리 전부 이곳을 떠나는 것이 훨씬 더 나을 거야."

"흠… 그런가?"

"그래."

단호한 그녀의 대답에 태현은 고개를 끄덕이며 자리에서 일어섰다.

이곳을 떠나기로 했다면 굳이 시간을 끌 필요가 없었다.

반 시진 뒤 세 사람은 사람들 몰래 그곳을 벗어났다. 무공 고수인 태현과 선휘이기에 일반인에 불과한 저들의 눈을 피하는 것은 그리 어렵지 않은 일이었다.

"의술을 배울 생각이라면 나보다 제격인 분이 계시지."

태현의 그 한마디와 함께 일행의 진로가 정해졌다.

개봉에서 강소성 홍택호까지 배를 타고 움직인 일행은 곧 말을 이용해 련수에 도착한 뒤 도보로 호암산(虎巖山)으로 향했다.

신의(神醫) 장헌을 찾으려는 것이다.

태현이 아는 한 의술에 있어선 그를 따를 자가 없었고, 언제 어디로 가야 할 지 모르는 상황에서 그녀에게 진득한 가르침을 줄 수 없기에 장헌이 파설경의 선생으로 최

100

적이라 판단한 것이다.

그의 성격상 파설경을 제자로 들일지는 알 수 없으나, 최소한 그녀에게 가르침을 내려주긴 할 것이었다.

성격이 괴팍해서 그렇지 절박하게 가르침을 원하는 사람을 매몰차게 내쫓을 사람은 아니었다.

어흥!

호암산에 들어서기 무섭게 모습을 보이는 호랑이들.

태현들이 올 것을 미리 알기라도 했었던 듯 놈들이 길을 트고, 언제 온 것인지 대호가 길을 잡는다.

"와…!"

놀란 듯 눈을 크게 뜨고 자신들을 호위하는 호랑이들을 신기하게 바라보는 그녀에게 선휘가 설명했다.

"만수통령공(萬獸通靈功)이라는 무공의 효능이에요. 호암산의 수많은 호랑이들이 그분을 호위하고 있는 것이죠."

"그분?"

"저희는 신의라고 부르는데…"

"신의는 개뿔! 누가 신의라는 거냐!"

선휘의 말이 끝나기도 전에 카랑카랑한 목소리가 산에 울려 퍼진다.

날카로운 말투처럼 마음에 들지 않는 다는 듯 인상을 쓰며 모습을 나타낸 자.

신의 장헌이었다.

"에잉! 귀찮은 놈 같으니!"

만수통령공 때문에 서로 영적으로 이어져 있는 대호의 신호에 먼저 나와 본 것이다.

혀를 차며 뒤돌아 사라지는 그를 대신해 모습을 나타낸 것은 환하게 웃고 있는 마룡도제였다.

"하하하! 어서 오게나. 오랜만이로군!"

"오랜만에 뵙습니다. 선호는 좀 괜찮습니까?"

"어르신의 비술 덕분에 상당히 좋아졌다네. 요즘은 예전처럼 자주 잠들지도 않고, 어디 아프다는 소리도 잘 하질 않는다네. 다음 달쯤엔 마음 것 뛰어다닐 수 있을 것 같다 하시더군."

태현의 물음에 웃으며 말을 쏟아내는 마룡도제.

하나 밖에 없는 아들의 상태가 점차 좋아지며 예전과 다르게 표정도 밝아지고 말도 많아졌지만 정작 자신은 잘 모르고 있었다.

"좋아졌다니 다행입니다."

"후후후, 자네 덕분이네. 그보다 이쪽은 처음 보는 것 같군."

"파설경이라고 합니다. 거력신마 사부님의 손녀이자 유일한 혈육입니다."

"그래? 과연… 평범한 사람과 달라 보인다 했더니 천력파가의 사람이었군. 만나서 반갑네. 난 무림에서 마룡도제라 불리는 사람일세."

"반갑습니다."

포권을 취하며 인사를 해오는 그에게 파설경은 고개를 숙이며 인사했다.

그 모습에 이채를 띄는 마룡도제.

"무공을 익히지 않았군."

"사정이 좀 있었습니다. 물어보니 앞으로도 무공을 익힐 생각이 없다 하더군요."

"흠… 선택은 자신의 뜻이지. 하지만 아쉽게 되었군."

마룡도제의 말에 파설경은 고개를 저었다.

"무림에 뜻이 없을 뿐이죠. 아직 하늘이 우리 핏줄을 원한다면 어떻게든 이어지겠죠."

"하하하! 그것 또한 정답이로군. 자네는 자신의 뜻을 확실히 세운 사람이로군. 환영하네."

"감사합니다."

고개를 숙여 다시 한 번 답하는 파설경.

잠시간의 인사를 그들은 마룡도제의 안내에 따라 장헌의 거처로 이동을 했다.

작은 텃밭과 집 앞에 놓인 평상까지 이전과 조금도 달

라진 것이 없는 장헌의 집.

능숙하게 일행을 평상 위로 이끌곤 차를 내 오는 마룡 도제.

마루에 앉아 그 모습을 지켜보던 장헌이 마음에 들지 않는다는 듯 혀를 차면서도 준비가 되자 다가와 앉았다.

"무슨 일이냐? 어디 다치거나 아픈 것 같지도 않고. 게다가 저 계집… 응? 호? 천력파가의 계집이로구나."

그녀를 본 것만으로 정체를 정확히 알아차린 장헌은 재미있다는 듯 파설경의 위아래를 살핀다.

"파설경이라 해요."

태현의 눈치에 간단히 인사를 건네는 그녀.

하지만 정작 장헌의 시선은 태현을 향하고 있었다.

"아직 방에 누워있는 꼬마가 치료를 마치려면 멀었으니… 무슨 일로 이곳을 찾은 것이냐? 긴 말 하지 말고 할 말만 해라."

"그러니까…"

태현은 그가 원하는 대로 최대한 이야기를 간추려 파설경이 의술을 배우고 싶어 한다는 것과 그것을 사용할 목적과 그녀가 하려는 일에 대해 이야기했다.

"그러니까 의술을 배우고 싶어 한다고?"

"네! 꼭 배우고 싶습니다."

장헌의 시선에 고개를 크게 끄덕이는 그녀.

그 모습을 지켜보던 장헌이 잠시 방엘 다녀오더니 작은 가죽주머니와 은침 몇 개를 꺼내온다.

"최대한 사람의 피부와 비슷하게 구현시켜 놓은 수련 도구다. 침을 놓아봐라. 침에 표식을 해놨으니 정확히 그 깊이만큼 찔러 넣으면 될 것이야."

"네!"

재빨리 대답하며 은침을 집어든 그녀.

하지만 일은 쉽게 풀리지 않았다.

침을 잡는 것까진 문제가 없었지만 계속해서 필요한 만큼 침을 찔러넣지 못했던 것이다.

부족하거나 넘치거나.

심지어 너무 힘을 주는 바람에 부러지는 침이 있을 정도다.

"클클클, 내 그럴 줄 알았다."

당황해하는 파설경을 향해 웃음을 날리며 침과 가죽주머니를 회수하는 장헌.

그리곤 그것을 선휘에게 똑같이 시켜보았는데 의외로 선휘는 한두 번 해보더니 금방 익숙해진 듯 정확히 침을 놓는다.

"봤느냐? 이것이 너희 두 사람의 차이다."

"차, 차이라뇨?"

"딱 보면 모르냐? 클클클. 세밀한 힘의 조절이 필요한 의술에서 힘만 넘치는 바보는 필요 없다는 말이다. 천력파가의 사람이 의술을 배우겠다니. 안 해보려는 것이 없던 거력신마 그놈도 하루 만에 포기했었지."

"그런…."

절망하는 파설경.

설마하니 넘치는 힘 때문에 의술을 배우지 못할 것이라곤 조금도 생각하지 못했다.

어찌 보면 당연한 일이었다.

환자를 치유하게 위해 놓는 침이니 만큼 정교한 힘 조절을 필요로 하는데 그것이 되지 않는다면 치료는커녕 환자가 죽을 수도 있는 문제인 것이다.

물론 파설경이 원하는 것은 환자의 병을 진단하고 치료 방법을 아는 것만으로도 가능하지만 기왕이면 확실히 치료 할 수 있는 수단까지 바랬던 것이다.

"네가 배울 수 있는 것은 진맥 법을 비롯한 몇 가지 밖에 없다. 클클클, 그 정도라면 굳이 내가 아니더라도 얼마든지 배울 수 있는 법이지."

그 말을 하며 태현에게 웃음을 날리는 장헌.

분명 그녀에게 의술에 대한 재능이 부족하기도 했지만

결정적으로 그녀를 받아들이는 것이 귀찮아서 이런 말을 하는 것이 분명했다.

장헌이라면 그러고도 남음이 있었다.

"그보다 넌 더 늦기 전에 무공을 배우는 것이 좋겠다."

"네, 네?"

"이제까지 무공을 익히지 않은 모양인데, 살고 싶다면 무공을 익히는 것이 좋을 것이야. 그걸 네가 사용을 하든 하지 않든 그것은 네 자유고."

갑작스런 말에 모두의 시선이 장헌을 향한다.

그것이 귀찮은 듯 손가락으로 귀를 파며 입을 여는 그.

"본래 너희 집안사람들이 강한 힘을 타고나긴 하는데 넌 그 정도가 좀 심해. 거력신마 그 놈보다 더. 이대로라면 스스로 힘을 조절하지 못해서 죽을 수도 있어. 아니면, 남을 다치게 만들 수도 있고. 근래에 힘이 조절되지 않는 일이 많았을 텐데?"

"그, 그러고 보니…."

멍하니 고개를 끄덕이는 파설경.

요즘 들어 예전과 다르게 쉽게 지치지도 않았고, 끊임없이 솟아오르는 힘 때문에 상당히 곤란해 했다.

일전 태현과 함께 향했던 개봉에서 멀리 떨어진 산도 끓어 넘치는 힘을 소화하기 위해 본래 다니던 곳보다 더 멀리 다니기 시작한 것이었다.

"가진 거나 잘 써먹어. 쓸데없는 짓 하지 말고. 네놈도 쓸데없이 이곳을 찾지 말고 가. 사람 귀찮게 하지 말고 말이야. 클클클."

자리에서 일어서 방으로 들어가려던 장헌이 돌연 마룡도제를 보며 말했다.

"네놈도 이번 기회에 가. 어차피 네놈 아들이 치료되려면 제법 시간을 필요로 하는 일이니 이곳에 있다고 해서 도움이 될 것도 없다, 이젠. 나가서 저놈이나 돕던지."

"어, 어르신?"

갑작스런 말에 당황하며 일어서는 그에게 장헌은 뒤도 돌아보지 않고 말했다.

"녀석을 치료하기 위해선 집중해야 하니, 전부 없어져 주는 것이 날 돕는 것이다. 그러니까 썩 가버려!"

쾅!

괜한 심술을 부리며 방으로 들어 가버리는 그.

그렇게 마룡도제가 호암산에서 쫓겨났다.

†

근래 항주, 아니 절강에서 가장 잘나가는 표국을 꼽으

라면 열에 아홉은 진양표국을 이야기한다.

한번 쓰러졌던 진양표국은 다시 일어섬과 동시 어마어마한 속도로 그 규모를 키워가기 시작했고, 소흥왕부와의 계약은 불길에 기름을 부은 것이나 마찬가지였다.

약소 표국을 합병하고 새로운 인력을 받아들이며 안정적으로 덩치를 키운 진양표국은 이제와선 당당히 항주 삼대표국으로 불리고 있었다.

터줏대감이라는 천라표국와 팔황표국과 어깨를 나란히 하게 된 것이다.

이렇게까지 빠른 속도로 진양표국이 성장 할 수 있는 바탕에는 무림오제의 일인인 마룡도제가 있기에 가능한 일이었다.

마룡도제의 명성 때문에라도 산적들은 쉬이 진양표국을 건드릴 수 없었고, 반대로 떠돌이 무인들은 그를 찾아 진양표국의 문을 두드렸다.

한 수라도 가르침을 받기 위해 들렀다가 표국의 식구가 되는 것이다.

실력과 인성이 좋은 이들에게 후한 대접을 하며 받아들이니 이제 자리를 잡으려는 자들이 하루에도 수명씩 표국의 문을 두드리고 있었다.

뿐만 아니라 표국주인 허무선의 능력과 인품은 표국의

규모가 커진 뒤에도 변하지 않아 많은 이들의 칭찬을 받고 있었다.

"와… 엄청나네."

진양표국의 정문에서 쉴 새 없이 사람들이 오가는 모습을 본 파설경이 놀란 듯 말한다.

하지만 정작 이곳으로 안내한 태현들도 꽤 놀란 상태였다.

자신들이 이곳을 떠날 때도 꽤 규모가 커진 상태였었지만 지금은 그때와 비교 할 수 없을 정도였던 것이다.

"어떻게 찾아오셨습니까?"

정문에서 태현들이 멈춰서 있자 정문을 지키던 표사가 다가와 묻는다.

태현들을 몰라보는 것을 보니 새로 들어온 자였던 모양이다.

막 태현이 입을 열려는 찰나 그를 알아본 것인지 안쪽에서 한 사람이 달려 나온다.

"오셨습니까!"

환하게 웃으며 일행을 반기는 사내.

일검이었다.

"하하하! 돌아오시길 기다리고 있었습니다."

110

허무선이 반가운 얼굴로 웃으며 마룡도제와 태현들을 반긴다.

마룡도제의 복귀 소식은 순식간에 알려져 외부에서 볼 일을 보고 있던 허무선이 모든 일정을 취소하고 달려온 것이다.

"환대에 감사드립니다."

"아닙니다. 저희 표국이 이렇게 클 수 있었던 바탕에는 도제의 도움이 있지 않았다면 불가능한 일이었을 것입니다."

"허허, 제가 아니라 이 두 사람 덕분이겠지요. 당분간은 표국에 머무를 생각이니 도움이 필요하시다면 언제든 이야기 해주십시오. 적극적으로 돕도록 하겠습니다."

"배려에 감사드립니다."

마룡도제의 말에 허언은 없다.

다시 말해 그가 돕겠다는 것은 앞으로 진양표국이 움직이는데 더 적극적으로 자신의 이름을 사용해도 된다는 허락이나 마찬가지였다.

그것만으로도 진양표국이 얻을 수 있는 이득이란 상상을 초월하는 것이다.

두 사람 사이에 일단의 이야기가 끝이 나자 그제야 허무선은 반가운 얼굴로 태현과 선휘에게 시선을 주었다.

반갑기야 누구보다 두 사람이 반가웠지만 국주의 입장에서 아무래도 마룡도제를 우선시 할 수밖에 없었던 것이다.

그런 그의 입장을 이해하기에 두 사람 모두 조용히 자리를 지키고 있었던 것이고.

"두 사람이 없는 동안 표국의 규모가 꽤 커졌다네. 이젠 자네들도 모르는 사람들이 태반일 정도로 말이야."

"사업이 번창한다니 다행입니다."

"나쁘지는 않지만 꼭 좋은 것만도 아닐세. 가족끼리도 볼 시간이 줄어드는 것이야 그렇다 치더라도 곳곳에서 들어오는 견제가 어마어마하거든."

"해결을 못 보신 것입니까?"

"쉬운 일이 아니니까."

굳은 얼굴로 고개를 끄덕이는 허무선.

태현의 물음은 팔황표국과의 일이었다. 그들의 방해로 인해 자칫 죽을 뻔했었다.

하지만 대놓고 그들과 싸움을 일으키기엔 아무래도 증거가 부족한 상황이라 어쩔 수 없이 숨을 죽이고 있어야 했다.

"육좌 선생께서 말씀하시길 정면 승부만이 능사가 아니라 하시더군. 어깨를 나란히 한다고 해서 실제로 그들

과 싸울 수 있을 정도의 힘을 가진 것도 아니니, 당분간은
참는 수밖에."

"국주님께선 잘 해내실 것입니다."

"그렇게 생각해야지. 그보다 말이 길어졌군. 이쪽의 아
가씨는 누군가?"

"소개가 늦었습니다. 파설경이라 합니다."

나름 예의를 차린다고 차렸지만 특유의 말투가 어디로
가는 것은 아니라 허무선의 시선이 잠시 그녀에게 머물지
만 곧 빙긋 웃으며 말했다.

"잘 부탁하네. 부디 자신의 집이라 생각하시고 편하게
지내게나."

표국으로 돌아왔지만 태현과 선휘가 해야 할 일은 없
었다.

애초에 이곳을 나가면서 모든 지위를 반납했기 때문이
기도 하지만 사람의 수가 늘어나면서 굳이 두 사람이 나
설 필요가 없었던 것이다.

덕분에 오랜만에 두 사람은 편하게 휴식을 취할 수 있
었다.

"그러니까 여기가 회음, 용추…."

벽에 붙여진 사람 그림.

그림에 빼곡히 들어 차 있는 점. 그 점과 이어져 있는 이름.

혈 자리를 정확하게 풀어 놓은 그림을 보며 파설경은 공부에 매진을 하고 있었지만 쉽지 않았다.

안타까운 일이지만 하늘은 천력파가의 핏줄에 뛰어난 힘은 주었지만 뛰어난 머리를 주진 않았던 것이다.

그렇다고 천력파가의 식솔 모두가 머리가 나빴던 것은 아니지만 타고난 힘이 강할수록 머리가 나쁜 것은 가문 안에서도 쉬쉬하는 비밀 중 하나였다.

다시 말해…

파설경의 머리는 결코 좋지 않았다.

인체에 존재하는 수많은 혈자리를 완벽하게 외우지 않는 이상 병을 진맥하고 치료법을 찾는다는 것은 불가능한 일이었다.

의술을 익히는데 있어 가장 기본이 바로 혈자리를 익히는 것이다.

거기에서부터 막히고 있으니 그녀로선 미칠 지경인 것이다.

더욱이 가르치고 있는 태현도 머리가 아플 정도였다.

아무리 가르쳐줘도 다음날이 되면 까먹는 것이 태반이었고, 그나마도 몇 가지되지 않았던 것이다.

열흘이 넘는 시간동안 혈자리만 외우고 있었지만 정확한 위치와 이름을 외운 것은 전체 혈자리의 반도 되지 않고 있었다.

"혈자리를 완벽하게 외우지 않으면 의술이든 무공이든 시작 할 수도 없다."

"아, 알고 있어!"

태현의 말에 버럭 소리를 내지른 그녀의 얼굴이 붉어진다.

이곳에 들어온 이후 굳이 얼굴에 진흙을 바를 필요가 없다고 생각한 그녀의 얼굴은 무척이나 깨끗했다. 뿐만 아니라 표국주가 보내 준 옷 덕분에 아주 깔끔해져 있었다.

편하다는 이유 하나만으로 주구장창 무복만 입고 있었지만 말이다.

"으아아!"

벅벅벅.

결국 비명과도 같은 소리를 내지르며 자신의 머리를 긁는 파설경.

"후… 오늘은 여기까지 하도록 하지."

"이걸 꼭 다 외워야 하는 거야?"

"의술을 배우고 싶다면 반드시 필요한 것이다."

"으…"

긴 한숨과 함께 파설경은 자신의 방으로 건너간다.

장헌의 조언에 따라 파설경은 무공을 익히지 않겠다는 생각을 바꾸어 자신이 살기 위해 천력신공을 익히기로 했다.

가문의 비전무공이기에 누구에게도 보여 줄 수 없지만 유일하게 볼 수 있는 사람이 있다면 바로 태현이었다.

다른 사람도 아니고 거력신마의 제자였던 그이기에 천력신공에 대한 기본적인 원리는 전부 알고 있었던 것이다.

문제는 가르치려 해도 파설경의 기초가 부족해도 너무 부족하다는 것이다.

육체적인 것은 완벽을 넘어서고 있었지만 그 외의 것이 너무 부족한 상황이었다. 그것만 해결 할 수 있으면 어떻게 길이 보일 수 있을 것 같았다.

'그보다 역대 천력신공의 전수자들이 대체 어떻게 이걸 익혔던 것인지 알 수가 없군.'

아무리 생각해봐도 풀리지 않는 의문이었다.

그렇게 태현이 휴식을 취하고 있을 때 마룡도제가 그를 찾았다.

"괜찮다면 차나 한잔하지."

후원에 만들어진 연못의 정자에 앉은 두 사람.

시비가 내어주고 사라지는 차를 마시며 마룡도제가 먼저 입을 열었다.

"그동안 바빠서 제대로 이야기조차 할 수가 없었군."

"괜찮습니다. 그보다 일은 하실 만 하십니까?"

"하하, 얼굴만 비추는 정도인데 무엇이 힘들겠나? 그래도 국주의 도움 덕분에 선호가 돌아오면 괜찮은 집을 구해서 생활 할 수 있을 것 같네."

웃으며 이야기하는 마룡도제.

근래 마룡도제가 하고 있는 일은 국주의 요청이 있을 때 마다 한 번씩 얼굴을 내미는 일이었다.

그 대부분은 무림인들과 관련이 있는 것인지라 마룡도제도 크게 거리낌이 없었고, 허무선의 입장에선 다루기 힘든 무림이들을 조금이나마 제어 할 수 있음이니 나쁘지 않았다.

뿐만 아니라 충분한 보상을 약속함으로서 선호가 돌아온 이후 마룡도제에게 도움이 될 수 있는 방법을 찾기도 했다.

말이 좋아 무림오제의 일인이지.

세력이 없다보니 사실상 가지고 있는 것이 그리 많지 않아 선호가 무사히 돌아온 뒤를 내심 걱정하고 있던 그였던 것이다.

물론 국주인 허무선의 입장에선 많은 돈을 지불한다 하더라도 충분히 남는 장사였고.

"국주님은 좋은 사람이니, 인연을 이어가셔도 나쁘지 않으실 겁니다."

"나도 그렇게 생각하네. 그보다 내가 자네를 보고자 한 것은 그날 이야기를 하지 못했는데… 자네 꽤 실력이 늘어난 것 같더군. 몸에서 흘러나오는 기세가 이전과 크게 달라졌어. 이전에는 조금씩 거친 기운이 흐르곤 했지만 이젠 조금도 그런 기색이 보이질 않으니… 대체 짧은 시간동안 무슨 일이 있었던 것인가?"

"그저 운이 좋았을 뿐입니다."

"허허, 운이 좋았다는 말로 그만한 실력을 가질 수 있다면 무림의 수많은 사람들이 천하고수가 되었을 것이네."

마룡도제의 말에 태현은 지금까지 있었던 일들에 대해서 간략하게 설명을 했다.

작은 깨달음을 얻었다는 사실도 말이다.

"흠…."

이야기를 전부 들은 마룡도제의 얼굴이 심각해진다.

혈마의 후인이 나타났을 것이라곤 조금도 예상치 못했던 일이기 때문이다.

게다가 그런 혈마의 후인을 태현이 처리했다고 하니.

그제야 그의 실력이 빠르게 늘어난 것을 이해 할 수 있었다.

사선(死線)을 넘김으로서 더 강해질 수 있다고 그는 생각하고 있었다. 아니, 그의 경험상으로도 그러했다.

"무림이 시끄러워지겠군."

"아무래도 그럴 것 같습니다. 놈들의 움직임이 과격해지는 것이 본격적인 활동을 할 때가 머지않았다 생각됩니다."

태현의 말에 동의한 마룡도제가 말했다.

"그렇다면 백검님을 찾는 것이 좋을 것이네. 일전 자네가 말했듯 놈들의 제일 목적이 과거 칠성좌에 있던 분들이라면 분명 그분의 흔적을 뒤쫓으려 할 것이니까."

그제야 태현은 자신이 백검 사부에 대해 놓치고 있었다는 것을 깨달았다.

놈들이 본격적으로 움직이기 시작한다면 분명 백검 사부를 찾아 나설 것이 분명했다.

황금충은 이곳에서 아예 이름을 바꾼 채 살아가고 있어 생사를 가늠할 수 없지만, 백검은 아니었다.

그녀가 살아있다는 것을 놈들도 알고 있는 것이다.

"서둘러야 하겠군요."

태현의 얼굴이 굳는다.

"양 총관님! 그분은요?!"

"아가씨! 어떻게 벌써 오셨습니까?"

갑작스레 자신의 집무실에 들이닥친 이유비를 보며 깜짝 놀라 자리에서 일어서는 양 총관.

일이 있어 외가에 갔던 그녀이고, 돌아오려면 아직도 한참 더 있어야 하는 상황이었기에 갑작스런 그녀의 방문은 놀라운 것이었다.

당황하는 양 총관과 달리 그녀는 다시 물었다.

"그분은요?"

"그분이라면… 아! 오늘 아침 일찍 급히 떠나셨습니다."

"네?!"

그의 말이 끝나기 무섭게 자리에 주저앉는 그녀.

"으으으! 또 늦었어!"

비명 같은 그녀의 목소리가 양 총관의 귀를 꿰뚫는다.

第 5 章.

乱劍武林 난검두림

第 5 章.

　백검(魄劍)이란 이름을 완전히 내려놓은 하단설은 정해진 목적지도 없이 발길이 닿는 대로 마음이 가는대로 움직이며 중원을 주유하고 있었다.

　평소 가고 싶어 했던 곳도 다녀왔고, 우연히 길을 잃은 곳에서 멋진 풍경을 보기도 했다.

　그 와중에 작은 인연들이 생기기도 했지만 하단설은 결코 자신의 정체를 말하지 않았다.

　백검이 아닌 하단설로서 마지막 여생을 마치고 싶었기 때문이다.

　그렇게 중원을 떠돌던 그녀가 지금 있는 곳은 요녕이

었다.

중원에서도 멀리 떨어져 있는 요녕.

그녀가 가고자 하는 곳을 가기 위해선 반드시 거쳐야 하는 곳이었다.

후륵, 후르륵.

가벼운 점심으로 소면을 먹는 하단설.

하지만 평소와 달리 그녀의 눈은 예리하게 빛나고 있었다.

'둘… 아니 셋인가?'

며칠 전부터 뭔가 이상하다 생각했더니 자신의 뒤를 쫓는 자들이 있었다.

무공은 그리 높지 않았지만 추적술이 대단한 듯 번번이 자신의 뒤를 쫓는 자들.

들키지 않도록 꽤 멀리서 자신을 지켜보고 있었지만 그 정도도 모를 그녀가 아니었다.

아무리 내공을 잃었다곤 하지만 특유의 감각까지 무뎌진 것은 아니었다. 그렇지 않고서야 무공을 잃은 여인의 몸으로 중원을 누빈다는 것이 가능할리 없다.

'지금 내 실력으로는 하나… 운이 좋으면 둘 정도는 처리 할 수 있을까? 문제는 내 이목에 걸리지 않는 자들이로구나.'

저들 이외에도 또 다른 이들이 없을 것이라 단정 지을 수 없는 상황이다.

이제까지 잠잠하다가 갑작스레 자신의 뒤를 쫓는 자들이 생겼다는 것은 결코 좋은 일이 아니었다. 좋은 목적으로 쫓는 것도 아닐 테고.

이곳으로 오는 동안 특별히 마찰을 빚은 적은 없다.

그렇게 생각한다면 자신의 뒤를 쫓고 있는 자들의 정체는 어렵지 않게 생각 할 수 있었다.

'놈들이로구나.'

탁.

평상시처럼 소면을 완벽히 다 먹은 그녀가 젓가락을 내려놓고 밖으로 향한다.

북쪽의 땅이기에 쌀쌀한 바람이 옷깃을 넘어 들어오자 그녀는 옷깃을 단단히 매며 겉옷을 걸친다.

그녀가 움직이기 무섭게 따라 붙는 자들.

당장은 감시만 하고 있지만 언제 어떻게 돌변할지 모른다.

그런 두려움을 뒤로하고 그녀가 향한 곳은 표국이었다.

중원 내에서도 간혹 있는 일이지만 요녕처럼 험한 곳에선 표국의 표물과 함께 이동을 하는 것이 흔한 일이었다.

약간의 요금만 내면 표사들의 호위를 받으며 움직일 수 있기에 많은 이들이 이용을 하고 있었다.

운이 좋다면 마차의 빈자리에 앉아서 갈 수도 있었다.

본래 표국으로 향하려고 했지만 일정보다 앞당겨 움직인 것은 자신을 감시하고 있는 자들 때문이었다.

적어도 사람이 많은 곳에서라면 쉽게 움직이지 않을 것이란 판단 때문이었다.

표국의 정문을 지키는 표사에게 다가간 하단설이 미소 지으며 물었다.

"자리가 있나요?"

†

길을 떠난 하단설을 찾는 것은 무척이나 어려운 일이 었다.

무공을 잃어버려 일반인들과 섞여서 움직이는 통에 쉬이 뒤를 추적할 수 없었다.

모래사장에서 바늘을 찾는 꼴이지만 이럴 때를 위해 무림에서 이용할 만한 곳이 있었다.

바로 하오문이다.

정보력에 있어선 개방과 함께 무림에서 손에 꼽히는

곳이지만 정보의 정확성에 있어선 개방에 비해 떨어지는 것이 흠이다.

하지만 그 방대함에 있어선 개방보다 훨씬 많다는 것이 그들의 장점이었고, 친분이 있지 않은 이상 이용하기 어려운 개방과 달리 적당한 정보료만 지불한다면 원하는 정보를 얻을 수 있는 것이 하오문의 장점이었다.

물론 그 때문에 무림에서 제대로 인정을 받지 못하고 있었지만.

워낙 특정할 수 있는 단서가 작은 탓에 하오문에 줘야 하는 의뢰금이 상당했지만 과연 돈을 쓴 만큼 결과는 빨리 나왔다.

몇 가지되지 않는 단서만으로 하단설을 특정하고 위치를 찾아낸 것이다.

"요녕인가."

하오문에서 건네진 정보를 보던 태현의 얼굴이 찌푸려진다. 요녕이라면 이곳에서 배를 이용한다면 분명 멀지 않은 곳이지만 설마 그런 곳에 계실 것이라 생각해 본 적이 없던 것이다.

무공도 사용하지 못하는 몸으로 꽤 힘들었을 텐데 말이다.

하오문에 막대한 돈을 들이긴 했지만 이 정보가 확실

하다는 증거는 어디에도 없다.

하지만 지푸라기라도 잡아야하는 태현으로선 요녕으로 향할 수밖에 없었기에 아침 일찍부터 선휘, 파설경과 함께 배에 올랐다.

쾌속선을 완전 대절했기 때문에 배는 빠른 속도로 북상하기 시작했다.

본래 선휘와 함께 움직이려 했지만 답답하다며 위험한 일이 아니면 따라 나서겠다는 파설경을 막을 수 없었다.

하긴 자유롭게 살아가던 그녀였으니 표국에서의 삶이 마음에 들 리 없었다. 무엇보다 매일매일 공부만 하고 있는 것이 그녀에게 맞지도 않았고.

다만 문제라면.

"우웨엑!"

배에 적응을 하지 못하고 연신 토하고 있다는 사실이었다.

출발 할 때부터 시작을 하더니 벌써 며칠이나 이어진 항해에도 전혀 적응을 하지 못하고 있었다.

"사, 사람은 육지가 최… 우웩!"

입을 놀리는 것이 용할 지경이었다.

"앞으로 이틀이면 요녕에 도착할 겁니다. 바람만 좋다면 하루만에도 가능할지 모르겠소."

선장이 다가와 이야기하자 태현은 고개를 끄덕이는 것으로 대답을 대신한다.

배가 육지에 도착하자 가장 반긴 것은 창백해진 파설경이었다.

아니, 육지에 도착하자마자 언제 그랬냐는 듯 멀쩡해진 얼굴로 엄청난 음식을 섭취해 두 사람을 놀라게 만들었다.

"그런데 그 사부라는 사람은 어디 가서 찾아야해? 하오문인가 뭔가는 사람들이 알려준 것은 꽤 시간이 흐른 정보잖아?"

"그래도 생각은 좀 하는군."

"캬하하하! 내가 한 머리 쓰… 지가 아니라 제법 말을 편하게 하는 것은 마음에 드는데 그 말은 마음에 안 든다. 앙?"

"일단 마지막 발견지로 가서 다시 찾아봐야지."

"말 돌리는 거냐?"

파설경의 시비를 무시하며 자리에서 일어선 태현은 곧장 말을 빌려 빠르게 움직였다.

"백검으로 확인됐다. 죽이라는 명령이다."

조장의 말에 자리에 착석한 여섯 사람이 일제 고개를

숙인다. 조장을 포함해도 일곱에 불과한 자들이지만 그 실력만 놓고 본다면 어지간한 자들보다 나을 정도다.

일단 떨어진 명령은 자신들의 안위보다 우선시해야 한다.

설령 상황이 어떻게 되든 말이다.

특히 칠성좌와 관련된 일이라면 조직의 모두가 눈을 번뜩일만한 사항이었기에 이들은 즉시 움직였다.

이미 백검이 표행에 어울려 심양으로 향하고 있다는 보고와 함께 그 뒤를 따르는 중이기에 잊어버릴 염려는 없었다.

그동안 그녀를 처리하지 않았던 것은 단순한 확인 절차 때문이었다.

아무래도 요녕이 무척 먼 곳이다 보니 어쩔 수 없었던 것이다.

'오는가.'

자신의 뒤를 몰래 따르던 이들의 기세가 일순 변한 것을 확인한 하단설의 얼굴이 일그러진다.

뿐만 아니라 멀리서부터 또 다른 기척들이 조금씩 느껴지는 것이 놈들과 한패가 분명했다.

하지만 다행이 그런 상황을 그녀 혼자만 눈치 챈 것은

아니었다.

"수상한 자들이 접근하고 있다! 방어대형으로 멈춰라!"

"명!"

이번 표행을 책임지고 있는 현월검(弦月劍)의 외침에 일제히 대답하며 마차를 중심으로 원을 그리며 방어대형을 그리는 표사들과 일꾼들.

현월검은 요녕에서도 손에 꼽히는 강자로 스스로 현월표국의 주인이기도 했다.

평소라면 표행에 잘 나서질 않지만 이번에 중요한 물건을 맡으며 함께 움직이게 된 것이다. 그것은 하단설에겐 큰 행운이지 않을 수 없었다.

방어대형을 갖추기 어렵게 열 명의 적들이 모습을 드러낸다.

"웬 놈이냐!"

"쳐라."

대화는 필요 없다는 듯 즉시 내려지는 명령에 일제히 달려드는 그들.

완벽하게 얼굴까지 가린 그들의 공통점이라면 하나 같이 흑의를 입고 있다는 것이었다.

머리부터 발끝까지 말이다.

채챙! 챙-!

재빨리 각자의 무기를 뽑아든 표사들이지만 적들의 상대는 될 수 없었다.

"이놈들!"

카앙!

현월검이 분개하며 검을 휘둘러보지만 어느새 달려온 조장에게 막힌다.

카카캉!

두 사람이 치열하게 검을 주고받는 사이 빠른 속도로 표사들이 줄어들기 시작했다.

대규모 표행이었기에 표사들의 수가 압도적으로 많았음에도 불구하고 적들의 실력은 표사들 보다 훨씬 윗줄에 있었기에 그들로선 상대가 될 수 없었다.

마치 양 무리 안에 늑대도 아닌 호랑이가 뛰어든 느낌이었다.

'위험한데….'

전황을 살피던 하단설의 얼굴색이 좋지 않다.

놈들의 목적은 분명 자신이었다.

사람이 많으면 나서지 않을 것이란 자신의 생각과 달리 놈들은 아예 처음부터 전부를 죽일 생각으로 움직이고 있었다.

살인멸구(殺人滅口).

죽은 자는 말이 없는 법.

철저한 섬멸전으로 나선 것이다. 이제와 자신이 나선다 하더라도 저들은 결코 검을 멈추지 않을 것이었다.

'아아… 차라리 혼자 나설 것을.'

자신 때문에 저들이 죽는 것이라 생각하자 마음이 아파온다.

으득!

이를 악문 하단설이 자리에서 일어섰다.

어차피 죽을 처지라면 자신의 한 사람이도 살려보는 것이 나을 것이라 판단한 것이다.

바로 그때였다.

콰앙-!

"아악!"

굉음과 함께 흑의인 하나가 날아간다.

갑작스런 상황에 싸움이 멈춰서고.

"다행이 늦진 않은 모양이로군요."

태현이 다행이라는 듯 한숨을 내쉬며 하단설을 바라본다.

두두두-!

지축을 흔들며 달리는 일단의 무리가 있었다.

말을 달리는 그들에게선 흉흉한 기세가 가득했는데, 일천에 달하는 기마가 달리고 있음에도 미리 약속이 된 것인지 어떤 군도 움직이질 않았다.

심지어 군이 주둔하고 있는 주둔지를 통과하는데도 길을 내줄 뿐 제지는 하지 않았다.

"호호호! 달려라!"

그 일행의 가장 중심엔 하얀 가마가 건장한 청년들에 의해 움직이고 있었는데, 주변의 말들과 같은 속도로 달리고 있음에도 누구하나 지친 기색을 보이지 않았다.

가마 안의 백영이 목소리를 드높이자 일행의 속도가 더욱 빨라진다.

당장이라도 말들이 쓰러질 듯 경련을 일으키지만 그들은 개의치 않았다. 한계를 이기지 못하고 쓰러지는 말은 그냥 버리고 자신의 다리로 뛴다.

"이번엔 놓치지 않는다! 호호호!"

광기에 물든 백영의 눈.

이미 조직의 정보를 통해 청홍의 주인이 태현이라는 것과 그가 칠성좌의 후인으로 보인다는 소식을 들은 뒤였다.

뿐만 아니라 무림신룡(武林神龍)으로 불리며 무영을 죽인 놈이라는 것도.

조직에서도 정보를 통합하는 과정에서 태현의 정체를 알아낸 것이었다.

사방에 흩어져있던 조직을 한데 집결시키는 과정에서 정보의 누수를 막기 위해 통합하는 과정에서 새로 밝혀진 것이다.

"누구에게도 안내줘, 넌 내거야! 오호호홍!"

교태스런 목소리.

하지만 그 누구보다 살기 가득한 목소리였다.

일단 하단설이 무사한 것을 확인한 태현은 뒤를 이어 흑의인들을 하나 둘 처리하기 시작했다.

갑작스럽게 나타나 달려든 태현이기에 흑의인들이 어찌 대응할 방도를 찾기도 전에 상황이 끝나 있었다.

"흠…."

꾹, 꾹.

주먹을 쥐었다 폈다 하는 태현.

이전보다 훨씬 더 힘의 조절이 쉬워졌을 뿐만 아니라, 내공의 수발이 자유로워졌다.

예전에는 억지로 제어하는 느낌이었다면 지금은 제어하지 않아도 생각하는 만큼만 내공이 흐르는 느낌이었다.

확실한 것은 나쁘지 않다는 것이었다.

"오랜만에 뵙습니다, 사부님."

놈들을 뒤로하고 하단설에게 다가가 고개를 숙이는 태현. 그 모습에 하단설은 긴 안도의 한숨을 내쉰다.

"잘 와주었구…."

두두두두!

그녀의 말이 끝나기도 전에 지축을 울리는 소리와 함께 멀리 서쪽에서부터 먼지구름을 피워 올리며 빠르게 접근하는 무리가 보이기 시작했다.

"히익! 나, 난 더 이상 못해!"

"나, 나도!"

그 모습을 확인한 일꾼과 표사들이 공포에 젖어 뒤돌아서서 도망치기 시작했고, 얼마 지나지 않아 대부분의 이들이 물건을 내팽겨 치고 도망쳤다.

"허…."

허탈한 듯 남은 표물과 멀리 도망치는 이들을 보는 현월검.

이번 표행은 상당한 규모였기에 실패하는 것만으로도 현월표국은 문을 닫아야 할지도 모른다.

그럼에도 불구하고 저들을 잡을 수 없는 것은 또 다른 희생자를 만들 수 없기 때문이었다.

"당신들도 몸을 피하는 것이 좋겠소이다. 이놈들과 같

136

은 패거리 같아 보이니… 허허허, 하긴 당신의 실력이라면 충분히 몸을 뺄 수 있겠지만."

허탈하게 웃으며 먼저 도망친 수하들의 뒤를 쫓는 그.

결국 현월검 마저 표물을 포기하고 도망가는 것을 택했고, 자리에 남은 것은 그녀와 태현 두 사람 뿐이었다.

"가까운 곳에 선휘가 기다리고 있습니다. 먼저 가보시는 것이 좋을 것 같습니다."

"넌 괜찮겠느냐?"

어느새 마차에 묶여 있던 말을 끌고 와 말하는 태현을 걱정스럽게 바라보는 그녀.

그에 태현은 웃으며 그녀를 안심시키곤 말 위에 태웠다.

"아무래도 갚아야 할 빚이 있는 자들 같아서요. 동남쪽으로 조금만 가시면 선휘가 기다리고 있을 겁니다. 곧 다시 뵙지요."

짜악!

자신의 말이 끝나기 무섭게 말의 엉덩이를 두들겨 강제로 선휘가 기다리고 있는 곳으로 사부를 보낸 태현이 뒤돌아섰다.

어느새 수백 장 거리까지 좁혀진 그들이 눈에 들어온다.

"살아있었구나."

자신에게 살기를 내뿜으며 움직이지 말 것을 경고하고 있는 자.

백의를 입은 무인들의 중심에 위치한 가마를 보며 태현은 차가운 미소를 지었다.

어찌 잊을 수 있겠는가.

사부의 원수를.

"와라…!"

"흥흥흥, 애송이가 제법이양."

가마에서 느긋한 걸음으로 내려서는 백영.

기다렸다는 듯 그의 앞을 비켜서는 수하들.

"살아있을 줄은 몰랐군."

"흥흥, 지옥에서 살아왔지. 널 잡아먹고 싶어서 말이야."

날카로운 눈빛을 발하는 백영.

아름다운 얼굴과 다른 표독스런 눈길에 태현은 그제야 그의 얼굴에 인피면구가 씌워져 있음을 깨달았다.

하는 짓은 여자이지만 확실한 것은 놈은 사내라는 것이다.

그리고 거력신마에게 듣길 이런 놈들을 도발하는 데는

많은 말이 필요 없었다.

"알 없는 새끼부터 덤벼."

"죽여어어엇!"

말이 떨어지기 무섭게 무시무시한 살기를 내뿜어내며 소리지르는 백영!

그와 함께 그의 수하들이 일제히 태현을 향해 달려들기 시작했다.

백영대 전원.

즉 1천에 달하는 수하들을 이끌고 온 백영이지만 한 사람을 상대하기 위해선 너무나 많은 인원이었다.

그럼에도 불구하고 그가 대규모 인원을 동원한 것은 태현이 무영을 이겼기 때문이었다.

무영의 능력에 대해서 누구보다 잘 알고 있는 것이 백영이었기에 태현이 무영을 이겼다 듣는 순간 지금의 그림이 그의 머릿속에서 그려졌다.

제 아무리 잘난 능력을 가졌다 하더라도 한손으로 여러 손을 쉬이 당해 낼 순 없는 법이다.

태현을 중심으로 수 개의 원을 그리며 포위하고 원 하나가 줄어들면 다시 원을 그린다.

차륜전이었다.

"호호홍! 어디 실력을 볼까?"

순간의 흥분으로 인피면구가 일그러졌기에 손으로 눌러 피면서 백영은 여유롭게 상황을 지켜보기 시작했다.

수하들의 희생이 제법 크겠지만 그 정도는 당연한 것이라 생각하는 그였다.

서컥-!

단숨에 적의 목을 가르는 청홍.

핏방울 하나 맺히지 않는 날카로움을 보이는 청홍이지만 사방에서 달려드는 적의 수가 많아도 너무 많았다.

'오직 날 상대하기 위해 이 많은 인원을 동원한 것인가?'

곁눈질로 놈을 바라보니 어느새 가마 위에 다시 올라 자신을 지켜보고 있었다.

'직접 달려들 줄 알았더니….'

태현도 생각이 없었던 것은 아니었다.

적극적인 도발로 백영이 직접 자신을 향하게 만들 생각이었던 것이다.

결국 헛수고로 끝났지만 말이다.

스칵!

폭풍과도 같은 몸놀림으로 순식간에 네 명의 몸을 베어버린 태현의 움직임은 멈출지 몰랐다.

끊임없이 솟아오르는 내공과 지치지 않는 육체.

도저히 질 것이란 생각이 들질 않았다.

푸확!

또 한 명의 목이 날아간다.

상황을 지켜보고 있던 백영은 순식간에 수십의 수하들이 죽어가자 즉시 명령을 내렸다.

"진을 발동시켜. 적극적으로 놈을 공략해."

"명."

명령이 떨어지기 무섭게 단순히 포위를 하고 있던 원들이 복잡하게 움직이기 시작했고, 곧 어마어마한 크기의 합격진을 발동시킨다.

쿠웅-!

"음!"

온 몸을 짓누르는 강한 압박감.

순간적으로 태현의 움직임이 느려질 정도로 무게감은 엄청났다.

뿐만 아니라 유기적으로 움직이기 시작한 놈들의 합격술은 무서울 정도로 집요했다.

목숨을 도외시하고 공격을 가해오는데 태현도 움찔움찔 놀랄 정도였다.

일대 다수의 싸움이라곤 하지만 사실 공격이 들어올

수 있는 방향은 정해져있다.

동서남북의 사방(四方).

조금 세밀해지면 팔방(八方).

여기에 조금 더 복잡해지면 하늘과 땅을 신경 쓸 수 있
다.

즉, 최대 십방(十方)을 방어하면 되는 것이다.

다만 말이야 십방이지만 그것을 한 순간에 막아내야
한다는 것은 어마어마한 속도와 실력을 지니고 있어야 한
다.

그리고 태현은 그 모든 것을 가지고 있었다.

쩌저정!

쏟아지는 피.

태현의 온 몸이 피로 물들지만 청홍은 처음과 마찬가
지로 핏방울 하나 맺히지 않은 채 예기를 발산한다.

얼마 전까지의 태현이라면 이런 합격진에 당했을 수도
있지만 지금은 달랐다.

으득!

이를 악물며 자리에서 일어선 백영.

희생은 있겠지만 어렵지 않게 놈을 제압 할 수 있을 것
이라 생각했는데, 상황이 이상하게 돌아가고 있었다.

142

철저한 준비를 해왔음에도 불구하고 점차 밀리고 있는 것이다.

시간이 지나도 지칠 기미가 조금도 보이지 않는 놈을 보며 백영은 자신이 틀렸음을 인정해야 했다.

"흐응… 어쩔 수 없나. 쇄혼단을 사용해."

"명."

명령이 떨어지자 태현과 가까운 이들부터 품에서 붉은 환약을 꺼내 단숨에 삼킨다.

그 모습을 본 태현은 그 약을 어디선가 본 것 같다고 생각했다.

'어디선가… 그래! 구양….'

"크아아악!"

괴성을 내지르는 백영의 수하들!

하나 같이 붉어진 눈으로 달려든다.

쿠아아앙!

"헉!"

어마어마한 힘이었다.

이제까지와 비교 할 수 없을 정도의 힘을 그들은 발휘하고 있었다.

어떤 종류의 약인지 알 수 없지만 확실한 것은 그것을 섭취하는 순간 어마어마한 힘을 발휘하게 해준다는 것이었다.

그리고 그런 약을 자신을 포위하고 있는 모든 이들이 가지고 있었다.

오싹-.

본래 힘의 두 세배는 족히 커진 것 같은 그들의 공격은 태현도 쉽게 볼 수 없는 것이었고, 결국 싸움은 치열해지기 시작했다.

스컥.

청홍에 목이 날아가면서도 끝내 태현의 옷자락을 자르는 놈들.

어떻게 해서든 반드시 죽이고야 말겠다는 그들의 공격은 동귀어진에 가까웠다.

"호호홍! 죽여라! 놈을 죽이는 자에게 큰 상을 내릴 것이야!"

신나서 외치는 백영.

하지만 그 순간.

우우웅.

청홍이 울음을 토해낸다.

온 천지를 울리는 듯 강렬한 울음을 토해낸 청홍의 위로 선명하게 떠오르는 푸른 검강.

그리고.

"극검(極劍)."

한 줄기 빛이 태현을 중심으로 원을 그리며 뻗어나간다.

난데없는 상황에 이상함을 느낀 백영이 입을 열려는 순간.

푸화확!

혈우(血雨)가 내린다.

태현을 중심으로 십여 장 안의 모든 이들의 목이 달아나 있었다.

머리가 없어진 것도 모르고 힘차게 움직이는 심장.

하늘로 솟아오르는 붉은 피.

그야 말로 혈우 그 자체다.

"덤벼. 알 없는 새꺄."

거력신마에게 배운 말투 그대로 태현은 백영을 보며 도발했다.

순간적으로 몸의 내공이 빠져나가며 허해졌지만 금세 단전에서 내공이 흘러나오며 충만해진다.

"싫으면 내가 간다, 알 없는 놈!"

파밧!

놈이 입을 열기 전 태현이 먼저 달려들었다.

"저, 저거 괜찮아? 쪽수가 많은데?"

멀리 보이는 광경에 놀라며 파설경이 물었지만 선휘는 말없이 고개를 끄덕인다.

사부와 재회한 뒤 반가움도 잠시.

적들에게 둘러싸인 태현을 보며 처음엔 걱정했지만 곧 보이는 그의 신위에 안도했다.

"적이 많다곤 하지만 공격을 할 수 있는 방위는 한정되어 있고, 사형의 실력이라면 충분히 버틸 수 있어요."

"한 손이 열손을 못 당한다고, 정말 괜찮은 거야? 저거 저러다가 뒈지는 건 아니겠지?"

"하아… 당신은 그 말투부터 고치는 것이 좋을 듯하네요."

선휘의 말에 파설경은 더 이상 입을 열지 않았다.

무공에 대해 문외한에 가까운 자신보다야 태현과 함께 오랜 시간을 보낸 그녀가 더 잘 알 것이라 생각한 것이다.

그리 생각하자 걱정되던 마음은 날아가 버리고 좋은 자리에 주저앉았다.

"구경이나 해볼까?"

어느새 태연해진 그녀를 보며 선휘는 고개를 저었고, 그 모습을 지켜보고 있던 백검이 입을 열었다.

"그러고 보니 저 아이는 누구더냐?"

"파설경이라고 천력파가의 유일한 후계라네요."

"셋째 오라버니의?"

새삼스런 눈으로 그녀를 바라보는 백검.

하지만 곧 파설경이 무공을 익히지 않았다는 것을 깨달은 그녀가 선휘를 보며 물으려 했지만 제자의 시선이 태현이 있는 곳에서 떨어지지 않고 있음을 보곤 입을 다물었다.

'어느새 다 컸구나.'

흐뭇한 얼굴로 제자인 선휘를 바라본다.

†

찌엉-!

청홍의 옆면을 정확하게 때리는 백영의 손!

그 충격에 자칫 검을 놓칠 뻔했으나 재빨리 힘을 흘려내며 자세를 바로 잡으려 했으나, 어느새 품으로 파고든 백영의 공격이 더 빨랐다.

퍼퍼펑! 펑!

"큭!"

"흐흥! 까불어 보거라!"

백영이 익힌 규화보전(硅華寶典)은 남자의 상징을 제

거해야만 익힐 수 있다.

즉, 남자로 태어났지만 남자임을 포기해야만 익힐 수 있는 무공인 것이다.

하지만 그로 인해 얻을 수 있는 힘은 어마어마한 것이다.

무림에서도 손에 꼽히는 무공 중 하나가 규화보전인 만큼 태현도 쉬이 볼 수 없었다.

특히 규화보전 특유의 음기(陰氣)는 부딪칠 때마다 몸으로 침투하며 태현의 몸의 균형을 깨트리고 있었다.

쩌정!

검과 손이 부딪쳤음에도 불구하고 검과 검이 부딪친 것 같은 둔탁한 소리가 울려 퍼진다.

터텅! 텅-!

'힘들긴 하지만… 상대하지 못할 정도는 아니야.'

규화보전 특유의 음기만 아니라면 크게 상대하지 못할 정도는 아니었다.

무영과 비교를 한다면 백영의 실력은 그리 대단치 못했다.

그것이 태현의 판단이었다.

"호호홍! 네 알을 터트려주마!"

날카로운 손을 연신 휘두르는 백영을 보며 태현은 때

를 기다렸다.

이제 점차 그 이상한 기운에 익숙해지고 있었다.

그것만 아니라면… 백영은 더 이상 자신의 상대가 아니었다.

"죽엇!"

강한 기운을 실은 팔을 휘두르는 백영.

태현의 눈이 매섭게 빛난다!

NEO ORIENTAL FANTASY STORY

第6章.

亂俠武林 난검두림

第 6 章.

원탁에 둘러앉은 팔영들.

여덟 자리가 준비되어 있지만 자리에 앉은 것은 여섯
뿐.

"실력도 없는 병신이 까불어 대더니 결국 죽었군."

흑영이 이죽거리며 백영의 자리를 보며 말하자 대다수
의 팔영들이 고개를 끄덕이며 동의한다.

팔영들 중 가장 실력이 떨어지는 것은 황영(黃影)이지
만 그것은 그의 특수성에서 비롯된 것이고, 실제 가장 약
한 자는 백영이었다.

"중요한 것은 팔영의 한 자리가 비었다는 것이지."

"그것은 주군께서 정하실 것이지만 어쩌면 저 자리에 누군가 앉을 필요가 없을 지도 모르겠군."

청영의 차가운 말에 이어 자영이 손등에 턱을 괴며 말한다.

모두의 시선이 자영을 향한다.

실질적으로 팔영의 우두머리는 바로 자영이었고, 주군과 가장 가까운 자리에 있는 것도 바로 그였다.

서로가 경쟁관계에 있다곤 하지만 적어도 자영은 아니었다.

그의 실력은 미지수.

그 끝을 도저히 알 수 없었다.

모두의 시선이 자신에게 모이자 자영은 천천히 입을 열었다.

"흩어져 있던 조직이 이제 모이기 시작했다. 그것이 뜻하는 것은 이제 무림에 우리가 정식으로 모습을 드러내는 것이 머지않았다는 뜻. 이런 시기에 굳이 새로운 팔영을 뽑으려 드실까? 일도 일이지만 효율적이지 않지."

"그렇다면 백영이 하던 일은 누가 하는 것인가?"

묵묵히 입을 다물고 있던 감영의 물음에 자영은 웃으며 말했다.

"적당히 나눠서 해야 하겠지. 애초에 백영이 하던 일이라고 해봐야 잡다한 것들 밖에 없었으니 그리 어렵지도 않고 말이야."

"흐음…."

고개를 끄덕이며 물러서는 감영.

"하지만 그렇다고 우리 팔영을 건드린 놈을 쉬이 둘 수는 없는 일이지. 그렇지, 녹영?"

자영의 말에 모두의 시선이 녹영을 향하고.

녹영은 쓰게 웃으며 허전한 왼팔을 쓰다듬으며 답했다.

"당연한 일이지. 내 팔로도 모자라 백영을 죽이고 우리 팔영은 아니지만 무영을 죽인 녀석을 그대로 둘 수는 없는 일이지. 복수도 복수지만 앞으로 우리 계획에 있어 어떤 걸림돌이 될지 모르니, 하루라도 빨리 치워버리는 것이 나을 테지."

"동감이다."

녹영의 말에 하나 둘 동의의 뜻을 내비친다.

그때였다.

"이번 일은 내가 맡도록 하지."

"감영 네가?"

이번엔 자영도 조금 놀란 듯 감영을 바라본다.

오직 무공에 미친 감영의 실력은 자신을 제외한다면

이들 중 최고라 불러도 부족함이 없었다.

아니, 무공에만 집착하지 않았다면 어쩌면 지금의 자영의 자리를 위협하고 있는 것은 그가 될 지도 모르는 일이었다.

자신의 일과 무공 밖에는 고집을 하지 않는 그였기에 스스로 먼저 나선다는 것이 의외의 일인 것이다.

모두의 시선이 어쨌든 감영은 자신의 말을 이었다.

"맡고 있는 일이 마무리 되었으니 당분간 손이 빈다. 그 사이에 처리하면 될 문제 같다. 그리고 칠성좌의 제자라는 점이 상당히 끌리는 군."

"역시… 좋아. 이번 일은 네게 맡기지. 다들 어때?"

"동의하지."

"나도."

모두가 동의하자 감영은 고개를 끄덕이곤 자리를 벗어난다.

뒤돌아선 감영의 얼굴엔 만족의 미소가 떠오른다.

보고는 하지 않았지만 감영은 이미 태현과 부딪친 전적이 있었다.

바로 백검을 처리하러 갔을 때였다.

'좋은 상대가 될 것이라 생각했지만 상상이상이로군. 오랜만에 재미있는 싸움이 되겠어.'

생각만으로도 온 몸이 달아오른다.

참을 수 없을 정도로.

†

촤아악-!

철썩!

항주로 돌아가는 배 안에서 태현은 내내 잠만 잤다.

그만큼 치열한 싸움을 벌였다는 증거다.

백영을 죽이는 것까진 성공했지만 그 이후 백영의 수하들이 태현을 공격했다.

마지막 일인까지.

일천에 이르는 이들의 목을 베는 것은 태현이라 하더라도 쉽지 않은 일이었다.

육체적으로도 힘든 일이지만 그보다 힘든 것은 정신이었다.

죽을 각오로 뛰어들었다곤 하지만 그들 모두를 죽이는 것은 결코 쉽지 않은 일이었다.

하지만 그럴 수밖에 없었던 것은 죽는 그 순간까지 달려들었기 때문이었다.

학살(虐殺)이라 불러도 부족함이 없다.

그 정신적 충격은 쉬이 해결될 것이 아니기에 최소한의 활동을 제외하면 태현은 수면을 취하고 있었다.

이런 일은 스스로 이겨내는 수밖에 없기에 백검도 큰 조언을 하진 않았다.

그렇게 태현이 잠들어 있는 사이 파설경의 교육을 담당하게 된 것은 백검이었다.

"으음… 이것도 좀 어렵더냐?"

"죄, 죄송해요."

붉은 얼굴로 고개를 숙이는 파설경.

그 모습에 백검은 작게 한숨을 내쉰다.

그녀는 아직도 몸의 혈도를 기억하지 못하고 있었다. 그래도 그동안 노력한 보람이 있어서 인지 대부분 외우고는 있었지만 실제 몸에 대입을 하면 반응이 늦어져 버리는 것이다.

의원도 그렇지만 무림인이라면 자다가도 혈에 반응을 해야 한다.

특히 내공을 운기하면서 혈의 위치를 잘못 외우기라도 했다간 자칫 큰일을 당할 수도 있었다.

"혈의 중요성에 대해선 그동안 수없이 말을 했으니, 더 하지 않아도 될 것이지만… 이렇게까지 이해력이 떨어진다면 무공을 익힌다 하더라도 높은 경지를 바라보긴 어렵겠구나."

"아! 그거라면 문제없어요. 딱히 높은 경지를 바라는 것도 아니고, 그냥 살려고 배우려는 거니까요."

"으응?"

갑작스런 말에 그녀가 눈을 크게 뜨자 옆에서 지켜보고 있던 선휘가 파설경의 몸에 대한 이야기를 해주었고, 그제야 백검은 이해했다는 듯 고개를 끄덕일 수 있었다.

"그렇다 하더라도 혈은 반드시 알아야 하는 것이니 오늘 중으로 외우도록해라. 이제 얼마 남지 않았으니 하루 정도면 충분하지 않겠느냐?"

"네…."

제 아무리 파설경이라도 자신에게 가르침을 내리는 어른을 상대로 땡깡을 부릴 순 없었기에 순순히 물러선다.

"사형은 언제쯤 일어날까요, 사부님."

"글쎄… 극복하기 나름이지 않겠느냐? 쉬운 일은 아니겠지만 난 극복 할 수 있을 것이라 생각되는 구나."

"저도 그랬으면 좋겠어요."

그녀의 말에 백검은 빙긋 웃으며 선휘의 손을 다독인다.

사실 말이 좋아 천명이지 어지간한 무림인들은 그 수

를 감당 할 수도 없을 뿐더러, 그리 많은 사람을 죽일 필
요도 없었다.

무림에 혈난이라도 터지지 않는 이상은 말이다.

아니, 혈난이 터진다 하더라도 태현과 같은 경험을 할
수 있는 사람은 극히 드물 것이었다.

천기자를 비롯한 칠성좌들에게 많은 것을 배웠다곤 하
나 태현은 아직도 성장하는 중이었다.

그렇기에 무림을 주유하며 그 실력을 키워 나갈 수 있
었고, 정신력 역시 마찬가지였다.

하지만 이번 일은 그 충격이 상당했다.

스스로 정당하다 생각하지만 생생하게 느껴지는 살인
의 느낌은 쉬이 사라지지 않는다.

스윽.

어둠 속에서 눈을 뜨는 태현.

그 눈에 서린 살기가 아직도 완전히 사라지지 않았다.

수많은 이들을 베며 자신도 모르는 사이 몸에 새겨진
살기이고, 그것을 해소하려 했지만 쉽지 않은 일이었다.

'그래도 난 살아있는 것인가.'

산 자와 죽은 자.

그 경계를 생각하는 태현의 머릿속은 복잡하지만 반대
로 점차 단순해지고 있었다.

아니, 단순하게 생각하기로 했다.

복잡하게 생각하고 있으려니 도저히 견딜 수 없었다.

"때론 단순한 것이 최고다."

거력신마가 가끔 하곤 했던 말인데 이럴 때 도움이 될
것이라곤 생각지도 못했다.

"그래. 단순하게 생각하자… 단순하게."

그제여 편안한 얼굴로 다시 눈을 감는 태현.

항주가 가까워지고 있었다.

여전히 활기찬 항주.

밤늦게 배가 도착했음에도 불구하고 불야성처럼 빛나
는 항주의 밤거리는 분주했다.

수많은 사람들이 거리를 오가고 있었고 화려한 유곽들
이 손님을 유혹하고 있었다.

그런 거리를 지나 진양표국으로 향하자 밤이 깊었는데
도 불구하고 새벽부터 출발한 표물들 때문에 늦게까지 일
을 하는 이들이 무척이나 많았다.

규모가 늘어나면서 밤낮을 교대로 일을 해도 사람이
부족할 지경이었다.

지친 몸을 이끌고 표국 안으로 들어서려 할 때였다.

표국 안쪽에서 편안한 옷차림을 한 큰 덩치의 사내가 천천히 걸어 나오고 있었다.

"늦었군."

"넌!"

갑작스런 이의 등장에 깜짝 놀라는 태현들을 보며 그. 감영은 웃었다.

감영이 진양표국에 도착한 것은 어제였다.

태현을 만나러 왔다는 이야기에 표국에선 그를 귀한 손님으로 모셨다.

당연한 일이었다.

지금의 표국을 있게 해준 태현의 손님을 어찌 소홀히 대할 수 있겠는가.

적이라는 기색은 조금도 비치지 않았기에 더욱 당연한 일이었다.

태연하게 표국에서 내어주는 방에서 잠을 자고 먹을 것을 먹으며 감영은 태현이 돌아올 때까지 기다리고 있었던 것이다.

"그렇게 볼 것 없어. 적어도 아직은 싸울 생각이 없으니까."

3

"아직은 이라는 소리군."

"어쩔 수 없는 일이니까. 어쨌거나 피곤할 테니 나머지
는 내일 이야기하도록 하지."

그 말만 남기도 당연하다는 듯 식객들이 머무는 객사
로 향하는 감영의 뒤를 멍하니 보던 태현은 한숨과 함께
자신의 거처로 향했다.

갑작스런 일이긴 했지만 자신의 말을 지키는 사내라는
것은 이미 전의 일로 잘 알고 있기에 가능한 일이었다.

다음날 일찍부터 태현은 감영을 찾았다.

다른 사람들을 물리고 서로 마주 앉은 두 사람.

"어떻게 이곳을 알았지?"

"흠… 모르는 것이 바보가 아니던가? 게다가 우리 조
직쯤 되면 그 정보망이 상상을 초월할 정도지. 수많은 정
보들을 조합하여 자네가 이곳에 있다는 것을 알아낸 것이
지."

"으음… 무슨 일로 날 찾은 것이지?"

태현의 물음에 감영은 당연하지 않냐는 듯 어깨를 으
쓱인다.

"굳이 묻지 않아도 알 수 있는 것을 물을 필요가 있던
가?"

"…그렇군."

"그보다 오랜만에 성격을 죽이고 이야기를 했더니 입이 아픈데, 차라도 한 잔 내주지 않는 것인가?"

능청스런 감영의 말에 태현은 곧 시비를 불러 차를 내온다.

확실히 오래전 그를 보았을 땐 거칠기 짝이 없었던 자다. 그런 자가 이렇게 침착하게 이야기를 한다는 것 자체가 그에겐 드문 일일 테다.

"뭔가 오해를 하고 있는 모양인데, 본래 난 이런 말투 안 써. 내 마음대로 내키는 대로 행동을 하고 말을 하지. 그럼에도 불구하고 이렇게 하는 것은 네게 기대하는 바가 아주 크기 때문이지."

"기대하는 바가 크다?"

"그날 보았을 때 느꼈지만 넌 날 재미있게 해 줄 수 있는 사람일 것 같았거든. 적어도 지금까지의 행보는 아주 만족스러워."

웃으며 말하는 감영의 몸에서 일순간 위압적인 기세가 흘러나왔다가 사라진다.

짧은 순간이었지만 식은땀이 등으로 흘러내린다.

아주 작은.

아주 작은 감영의 힘의 파편이었을 뿐인데 그 깊이를 알 수 없었던 것이다.

"참. 미리 말해주는데 백영 따위를 나와 비교하는 것은 큰 실례가 될 거야. 하긴, 이 정도는 싸움을 시작하면 금방 알 수 있는 것이겠지만. 그보다 차 맛이 나쁘지 않군."

차를 마시며 부드럽게 이야기를 이어가는 감영을 보며 태현은 과연 눈앞의 상대가 적인 것인지 알 수 없을 지경이었다.

하지만 상대가 적이라는 것은 변할 수 없는 사실이다.

"삼일을 주지. 삼일 동안 최대한 몸 상태를 끌어올린 뒤 나와 싸우는 것이지. 장소는… 그렇군. 항주에서 서쪽으로 백리 정도 떨어진 곳에 한적한 갈대밭이 있던데 그곳이 좋겠군."

"통보로군."

"시간을 준 것만 하더라도 나쁘지 않은 일일 텐데? 삼일 뒤 정오까지 그곳으로 나오면 나를 볼 수 있을 거다. 보자… 기왕 싸우는 것이라면 흥을 돋을 필요가 있겠지."

잠시 고민하던 감영은 좋은 생각이 난 듯 곧장 입을 연다.

"네가 이긴다면 조직 내에서 너와 관련된 정보를 지워주마. 물론 시간이 지나면 다시 복구가 되겠지만 그것만으로도 너와 진양표국이 관계가 있다는 것은 지워지게 되겠지. 의심이야 하겠지만 명확한 증거도 없을 테고."

"뭘 믿고?"

"믿지 않으면?"

"…선택지는 없군."

진지한 감영의 눈을 보며 태현은 어쩔 수 없는 일이란 것을 깨달았다.

동시 결코 피할 수 없는 싸움이라는 것도.

굳이 말을 하진 않았지만 감영이 내세운 조건은 무척이나 매력적인 것이었다.

일단 정보를 지울 수만 있다면 그 틈을 타고 자신이 이곳을 떠나면 그의 말처럼 의심은 하겠지만 쉽게 건드릴 수 없게 된다.

무림오제의 일인인 마룡도제가 버티고 있음이니 제 아무리 날고기는 문파라 하더라도 쉬운 선택이 아니게 되는 것이다.

"다른 것을 걱정할 필요는 없다. 항주를 중심으로 몇 개 도시 안으로 아예 조직의 누구도 발을 들여 놓을 수 없도록 만들었으니까. 이곳으로 오면서 몇 가지 정보를 조작해 놨으니 이곳의 존재가 발각 될 리도 없지."

"철저하군."

"미끼는 싱싱할수록 좋으니까."

그 말을 마친 감영이 자리에서 일어선다.

"시간을 지키는 것이 좋을 거야. 그 이상의 참을성이 내게 있을 것인지는 나도 잘 모르겠거든."

말을 하는 그의 몸에서 흘러나오는 광폭한 기운에 태현은 묵묵히 고개를 끄덕인다.

선택지는 없다.

남은 것은 삼일 뒤 감영과의 싸움에서 이기는 것뿐.

그나마 그의 말처럼 나쁘지 않은 조건에서 싸우게 되서 다행일 뿐이었다.

감영 그의 실력은 뒷전에 두더라도.

"괜찮으시겠습니까?"

표국을 나오자마자 따라 붙는 수하의 물음에 감영은 손을 저었다.

"위에서 문책이 떨어질 수도 있습니다."

"클클, 그런 것은 신경 쓰지 않아. 내게 중요한 것은 강한 상대와 싸워보는 것이니까. 그것을 위해서라면 약간의 손해 정도는 감수 할 수 있지."

감영의 말에 그는 어쩔 수 없다는 듯 고개를 젓는다.

"벌써 다른 조직원들이 항의가 쇄도하고 있습니다."

"무시해. 어차피 며칠 뒤면 끝날 일이니까. 그보다 만약 내가 지면 지시한 대로 놈에 대한 모든 정보를 소각해."

"알겠습니다."

감영의 말에 그가 얼굴을 굳히면서도 고갤 끄덕이는 것은 결코 감영이 질 것이라 생각지 않기 때문이었다.

만약 감영이 진다면?

그의 지시처럼 행동하면 될 일이다.

욕을 먹을 수도 죽임을 당할 수도 있는 일이지만, 주인의 명령은 절대적인 것이지 않은가.

"가자."

"예."

두 사람의 신형이 항주에서 사라진다.

†

"삼일 뒤?!"

깜짝 놀라며 되묻는 황금충에게 태현은 고개를 끄덕이며 답했다.

"예. 삼일 뒤 이곳에서 멀리 떨어진 한적한 장소에서 싸우자는 이야기를 남기고 떠났습니다. 대신 제가 이기면 저와 관련된 정보를 전부 없애버리겠다고 하더군요."

"으음… 거절 할 수 없는 조건이로구나."

"이곳이 드러난 이상 어쩔 수 없는 일입니다. 그도 말하길 시간이 지나면 다시 복구가 되겠지만 세세한 자료들이 사라지기 때문에 위치를 특정지을 수 없을 것이라 하더군요."

"틀리지 않은 말이다. 게다가 그런 조건을 내걸 정도라면 가장 확실한 정보는 그가 쥐고 있는 것이 분명하겠지."

"그런 것 같았습니다."

태연한 제자의 말투에 황금충은 긴 한숨을 내쉰다.

자신들의 제자인 태현의 삶이 그리 평탄치 않다는 것이 안타까워서였다.

"걱정하지 마십시오. 이기는 것은 제가 될 겁니다."

"그래. 그래야지."

그 말과 함께 황금충은 손을 뻗어 태현의 얼굴을 쓰다듬어 주곤 곧 힘내라는 뜻으로 어깨를 두드려 준다.

요즘 들어 더 기운이 없어진 그는 방에서 거의 나가질 않고 있었다.

허무선 국주가 좋다는 약재와 음식들을 바지런히 가져다 주고 있었지만 상태가 좋아질 기미는 보이질 않았다.

마음 같아선 신의에게 내보이고 싶었지만 황금충 스스로 허락지 않았다.

"미안하구나. 네게 도움이 되어야 할 터인데, 도움이 되질 못해서."

"그런 말씀 마십시오. 사부님께서 건강히 계셔야 제가 더 힘을 내서 움직일 수 있습니다."

"후후, 그래. 알겠다."

잠이 오는 듯 침상에 누워 눈을 감는 황금충.

그 모습을 지켜보다 완전히 잠에 빠져드는 것을 확인하고서야 태현은 밖으로 나왔다.

그러자 그곳엔 마룡도제가 기다리고 있었다.

"이제야 들었네. 자네 친구로만 생각했지 설마하니 적일 줄은 생각지도 못했네."

"괜찮습니다. 저도 보고 놀랐을 정도였으니…."

"흐음… 그래, 내가 도울 수 있는 일은 없나? 힘쓰는 것이라면 나도 제법하지 않는가."

제법 하는 정도가 아니라 무림에서 열손가락 안에 꼽히는 그의 말에 태현은 웃었다.

마룡도제 역시 이미 이야기를 들은 터라 일대일의 승부라는 것을 알고 있었다. 그럼에도 이런 이야기를 하는 것은 적을 내부로 불러들이다 못해 승능한 대접을 했기 때문이었다.

때마침 국주가 일로 인해 장기 출타를 했던 터라 자신

이 감영을 챙겼던 것이다.

"도제께선 이곳을 지켜주십시오. 그것이면 충분합니다."

"그거라면 당연히 해야 할 일이 아닌가. 걱정하지 말게나."

"부탁드리겠습니다."

"음."

정중히 고개를 숙이는 태현을 보며 마룡도제는 말없이 고갤 끄덕이는 것으로 답변을 대신한다.

삼일이라는 시간동안 태현이 할 수 있는 일은 한 가지.

최고의 몸 상태를 만드는 것이었다.

감영은 자신이 만난 상대들 중 최악의 상대가 될 것이란 예감이 크게 들고 있었다.

시간이 흘러 당일 날 아침.

태현은 홀로 길을 떠났다.

어차피 일대일의 싸움이기에 다른 사람들과 함께 움직일 필요를 느끼지 못했던 것이다.

함정일 수도 있다는 다른 사람들의 만류가 있었지만 태현은 그럴 리가 없다는 것을 잘 알기에 혼자 가겠다는 고집을 꺾지 않았다.

강을 끼고 만들어진 드넓은 갈대밭.

바람이 불때마다 살랑거리며 움직이는 것이 대단히 보기 좋았지만 그 중심에서 흉흉한 기세를 뿜어내고 있는 감영을 보니 그런 것을 느낄 틈도 없었다.

"왔군. 크크쿡!"

거침없이 기세를 흘려내며 웃는 감영.

온 몸이 짜릿해질 정도의 강렬한 기세에 태현 역시 기운을 흘려내기 시작했다.

폭풍이라도 부는 것처럼 흔들리는 갈대들을 뒤로 하고 두 사람이 마주섰다.

第7章.

亂刀武妹 난검무림

第 7 章.

"시간보다 좀 이르군."

"기다리고 있을 것 같아서."

"크크큭! 이를 말인가? 오늘 새벽부터 몸이 근질거려서 더 이상 참을 수 없을 정도였지. 약속시간까지 참아낼 수 있을 것인지 나 스스로 궁금할 정도로 말이야."

흉폭한 기세를 날리며 말하는 것이 거짓은 없었다.

당장이라도 몸을 날릴 듯 하지만 초인적인 인내심으로 참아내고 있는 것이 분명한 감영을 향해 태현이 물었다.

"약속은 지켜지겠지?"

"난 한번 한 약속은 반드시 지킨다. 걱정하지 않아도 좋아."

"좋아. 이제… 해볼 만 하겠군."

우웅, 웅웅!

두 사람의 몸에서 뿜어져 나오는 기운들이 뒤섞이며 기묘한 소리를 내기 시작했고, 둘을 중심으로 큰 원을 그리며 갈대들이 드러눕기 시작했다.

강대한 힘의 방출.

그 끝을 모를 정도였다.

"흐하하하! 그럼 즐겨 보자고!"

팟!

말이 떨어지기 무섭게 앞으로 치고나오는 감영의 신형!

큰 덩치에 어울리지 않을 폭발적인 속도에 놀라지 않고 태현은 반걸음 앞으로 내딛는다.

그렇지 않아도 빠르게 달려드는 놈이기에 위험해 보이는 행동이었지만 이것이야 말로 그의 발걸음을 멈추게 할 수 있는 유일한 방법 중 하나였다.

콰쾅-!

어느새 뽑아든 청홍이 묵직하게 날아든 감영의 주먹을 막아낸다.

"큭큭, 재미있군. 재미있어!"

크게 웃으며 몸을 움직이는 그.

짧은 호흡에 수십 번의 공격을 토해내는 그의 움직임은 인간의 그것을 넘어서 있었다.

허나, 태현 역시 마찬가지다.

둘의 부딪침이 본격적으로 시작되자 갈대밭이 망가지는 것은 순식간이었다.

쿠아아앙!

굉음과 함께 흙 그리고 갈대들이 사방에 비산한다.

쿠콰콰ㅡ.

귓가를 스쳐 지나는 감영의 주먹.

고막이 터져버릴 듯 굉장한 소리가 머리를 울리지만 태현의 검은 어느새 감영의 팔꿈치를 노리고 횡으로 베어져 내린다.

깡!

정확하게 관절을 노렸음에도 기괴한 소리와 함께 청홍이 튕겨난다.

벌써 몇 번째인지 모를 공격.

번번이 몸으로 막아내는 그 모습은 경악스럽기까지 하자.

"클클클! 어지간한 공격으론 이 몸에 상처 입힐 수는 없지! 크하하하하!"

콰쾅! 쾅-!

중갑기마병처럼 무섭게 그리고 한 방의 파괴력으로 달려드는 감영!

무영 때도 그러했지만 단순한 공격일수록 막아내는 것이 어려웠다. 아니, 겉으로 보기엔 단순해 보이지만 짧은 순간에도 수십 번의 변화를 보이고 있었다.

태현이 어떤 반응을 보이든 거기에 맞추어 대응을 할 것이 분명했다.

혈마의 무공을 익혔던 무영과 비슷한 방식으로 공격을 쏟아내지만 솔직한 심정으로 감영이 더 무서웠다.

앞뒤 가리지 않고 공격을 쏟아내던 무영과 달리 그는 곳곳에 함정을 심어두고 태현이 그곳을 노리기만을 기다리고 있었다.

방금 전에도 자칫 청홍을 빼앗길 뻔했다.

그의 피부는 강철보다 더 단단했고, 검기 따위로는 상처조차 입힐 수 없었다.

결국 태현에게 남은 선택지는 단 하나.

우웅-!

"검강!"

강기뿐이다.

"크하하하! 좋아, 좋다고!"

어느새 그의 두 주먹에서 강기가 피어오르고 두 사람의 강기가 허공에서 충돌한다.

쩌저정!

푸확—!

사방으로 퍼져나가는 충격파!

갈대밭의 형상이 둘이 부딪칠 때마다 그 충격으로 모양을 달리한다.

강기에 맞설 수 있는 것은 오직 강기뿐.

설령 감영이 금강불괴신공(金剛不壞神功)을 익혔다 하더라도 검강을 맨몸으로 받아 낼 순 없을 터였다.

촤악!

머리를 숙여 감영의 왼 주먹을 피해낸 태현은 곧장 그의 왼쪽으로 파고든다. 그와 동시 기다렸다는 듯 몸을 짧게 회전시키며 내려치는 그의 오른 주먹!

미리 예측하지 않았다면 단숨에 곤죽이 되었을 것이나 정확히 그것을 예측해낸 태현은 오른편으로 빙글 돌아 감영의 등뒤를 완벽하게 점했다.

그 순간.

"하앗!"

짧은 기합과 함께 태현의 검이 내려쳐지고.

쩌엉-!

귀를 울리는 소리와 함께 청홍을 통해 전달되는 강렬한 충격.

공격 자체는 성공했으나 상처를 입히는 것에 실패한 태현은 혀를 차며 재빨리 거리를 벌린다.

"역시 빠른데."

우득우득.

목을 회전시키며 태현을 바라보는 감영.

태현은 똑똑히 보았다.

자신의 공격이 들어가는 그 짧은 순간 등을 완벽하게 보호하고 나선 그의 강기를.

"설마하니 등에 강기를 두를 줄은…."

"흐흐, 재미있지? 난 예전부터 생각했었단 말이야. 두 주먹과 두 발에도 강기를 씌울 수 있는데 다른 곳은 안 될까 하고 말이야. 그 결론이 뭔지 알아? 신체 어디든 가능하다는 거지."

슝- 콰아앙!

말이 끝나기 무섭게 몸으로 달려드는 그!

어렵지 않게 공격은 피했지만 방금 전까지 태현이 서 있던 자리에선 굉음과 함께 흙이 비산한다.

온 몸을 강기로 두른 감영이 어떤 상처도 없이 모습을 드러낸다.

"어때? 괜찮지? 큭큭큭!"

웃으며 말하는 감영이지만 태현은 큰 위기감을 느꼈다.

설마하니 강기를 온 몸에 두를 수 있을 줄은 몰랐다.

강기로 몸을 두른다고 해서 충격이 가지 않는 것은 아니다. 강기 자체의 예리함은 상쇄시키겠지만 응축된 힘은 그대로 투과된다.

그럼에도 불구하고 저리 멀쩡하다는 것은 감영의 몸이 어마어마할 정도로 튼튼하다는 뜻이었다.

그렇지 않고서야 저리 버틸 수 있을 리 없다.

"자, 몸 풀기는 끝난 것 같으니까 제대로 해볼까?"

우두둑!

굳게 쥔 그의 주먹이 강기로 빛나기 시작한다.

감영의 공격은 철저하게 효율을 생각하며 만들어진 무공인 것 같았다.

불필요한 것은 철저하게 배제하고 필요한 것은 극한으로 이끌어 낸다.

덕분에 감영의 공격은 직선적이며 쓸데없는 움직임도

없었다. 하지만 덕분에 그의 공격은 빠르면서도 강력한 위력을 자랑했다.

동작이 큰 것도 아니다.

직선적인 공격이 짧은반경으로 수도 없이 쏟아지는데 정신을 차리지 못할 정도였다.

따다당!

웅웅.

그의 주먹을 막아낼 때마다 청홍이 운다.

만약 청홍이 뛰어난 보검이 아니었다면 벌써 부러졌을 터였다.

일진일퇴의 공방 속에 두 사람의 움직임은 더욱 치열 해진다.

서로의 공격은 점차 단순해지기 시작해, 극단적인 동선으로 짧고 빠르게 찌르고 베는 것만 반복되고 있었다.

이래도 되나 싶을 정도로.

팔랑-.

권풍의 풍압에 머리카락이 휘날리며 떨어져 나가고, 어느새 태현의 검이 그의 가슴팍을 길게 베고 지나간다.

기다렸다는 듯 강기로 둘러싼 가슴을 내밀며 반대로 손을 뻗어오는 감영에게 위험을 감지한 태현은 즉시 몸을 뒤로 날렸다.

182

슈학.

코앞에 나타났다가 사라지는 감영의 솥뚜껑 같은 손.

피하는 것이 늦었다면 그의 손에 얼굴을 잡혔을 지도 몰랐다.

'위험하군, 위험해.'

오싹, 오싹.

연신 몸 전체에서 위험 신호를 보내온다.

그런데 이것이 또 시간이 지나자 이젠 점차 즐거움으로 다가오고 있었다.

무림에 나온 이후 검을 휘두르는 동안 즐겁다고 생각했던 적은 단 한 번도 없었다.

그런데 지금 이 순간 태현은 즐겁다 느끼고 있었다.

기이하리라 만치 상반된 기분.

카카캉!

코앞에서 숨결이 느껴질 정도로 가까이 붙었다가 떨어지는 두 사람.

욱씬, 욱씬.

아무리 내공으로 충격에서 몸을 보호하고 힘을 흘려낸다 하더라도 그 한계가 있는 법.

몸 이곳저곳 아프지 않은 곳이 없고, 위험하다는 신호를 지속적으로 내보내고 있었다.

냉정하게 생각한다면 아직 승기가 보이지 않는 상황이니 몸을 피하는 것이 옳다.

완벽하게 상대를 제압 할 자신이 있을 때 다시 나서는 것도 분명 한 가지 방법이었지만 그러긴 싫었다.

'승기가 보이지도 않지만… 아직 밀리지도 않았다!'

그야 말로 막상막하.

전력을 다해 움직이고 있음에도 불구하고 그 끝이 보이질 않는다.

근 반 시진을 쉬지 않고 싸웠으면 어느 한쪽이 승기를 잡아야 할 것인데 두 사람 모두 그러질 못하고 있었다.

태현은 감영의 몸에 제대로 된 상처를 입히지 못했고, 감영은 태현에게 제대로 된 공격을 쏟아내지 못했다.

말 그대로 쉽지 않은 싸움이다.

"후우, 후우…."

"헉, 헉."

급격하게 움직이던 둘의 움직임이 거의 동시 멈춰서더니 가쁜 숨을 내어 쉰다.

부들부들-.

급격한 움직임을 보인 덕분인지 근육이 쉬지 않고 떨려온다. 그것은 서로 마찬가지 상황.

숨기고 싶어도 거의 온 몸이 떨다시피 하니 쉬이 숨길

수도 없다.

사실 이렇게까지 근육이 경련을 하는 것은 급격한 움직임을 보인 탓도 있지만 그보단 서로간의 충격을 제대로 흘려내지 못한 탓이다.

"크흐흐흐. 생각보다 더 하잖아? 이전과 비교 할 수 없을 정도야. 좋아, 아주 좋아!"

"후… 너희 쪽 사람들은 하나 같이 싸움에 미친것 같군."

태현의 솔직한 심정이었다.

이제까지 만난 자들마다 싸움에 미쳐 날뛰니 그렇게 인식이 될 수밖에 없는 것이다.

그 물음에 감영은 웃는다.

"크크큭! 미치지 않고서 이런 짓을 할 수 있다고 생각하는 거야? 무엇에 미치든 미치지 않고서야… 무림인이라 할 수 없지."

"전부 미쳤다는 건가?"

"그래! 우리뿐만 아니라 무림인이라면 전부! 무공, 살인, 돈, 여자, 명예, 정의감까지! 그 외에도 수많은 것이 있겠지만 어딘가 미치지 않고선 사람을 죽고 죽이는 무림에서 살 수 있을 리 없지 않나? 응? 클클클."

"듣고 보니 그런 것 같군."

확실히 듣고 보니 그런 것 같았다.

무엇에 하나 미치지 않고서야 버틸 수없는 곳이 무림이고 저들은 다른 자들보다 좀 더 미쳐있을 뿐이었다.

"난 보다시피 싸움에 미쳐있지. 목숨을 걸고 벌이는 극한의 줄다리기 같은 이 아슬아슬함! 적의 목을 비틀어 이겼을 때의 환희! 세상 무엇과도 바꿀 수 없는 나만의 즐거움이지. 넌 뭐에 미쳐있지? 살인? 무공? 정의감?"

"나는…."

대답할 수 없는 태현.

이상한 어법이지만 딱히 틀릴 것도 없는 감영의 말.

문제는 태현 자신도 스스로 정의 할 수 없다는 것이다.

'난… 대체 뭐에 미쳐있는 것이지?'

"뭐야? 그런 것도 아직 모르는 거야? 그렇다면 내가 알려줘도 되겠지. 물론… 죽고 나서 말이야! 크하하하!"

팟-!

웃음을 터트리며 다시 달려드는 감영.

그에 맞추어 몸을 움직이는 태현의 머릿속은 복잡하다.

욱씬, 욱씬!

이젠 왼팔이 잘 올라가질 않는다.

머리가 복잡해지자 감영의 공격에 조금씩 대응하지 못했고 그 결과 왼팔이 부러져 버렸다.

아차, 하는 사이 그의 주먹에 얻어맞은 것이다.

그나마 이어지는 공격을 피해냈기에 이 정도에서 그친 것이지 피해내지 못했다면 그 자리에서 승부가 났을 지도 몰랐다.

"흐… 배짱이 좋군. 나랑 싸우는 와중에 다른 생각을 하고 말이야."

"으음…."

감영의 말에 태현은 아무말도 할 수 없었다.

완벽한 자신의 실수이기 때문이다.

하지만 그렇게 말을 하는 감영의 몸도 그리 좋아 보이진 않았다.

옷은 거지들도 그리 입고 다니지 않을 만큼 너덜거리고 있었고, 드러난 상체에는 크고 작은 상처들이 가득했다.

강기로 몸을 매번 감싸는 것은 큰 부담이기에 작은 공격들은 몸으로 흘려내면서 만들어진 상처들이었다.

하지만 그 중에서도 유난히 띄는 몇몇 붉은 흔적들.

선명하게 부어오르는 붉은 흔적들은 태현의 검강으로 인해 만들어진 것이었다.

이제까지 조금의 상처도 생기지 않던 그의 육체가 반응을 보인다는 것은 그도 한계에 도달했다는 뜻이었다.

문제는 역시 왼팔이었다.

왼팔이 부러지면서 움직임에 제약이 들어오기 시작했고, 그로 인해 승기가 점차 감영에게도 넘어가고 있었다.

팽팽하던 싸움이 일단 승기가 옮겨져 가기 시작하자 걷잡을 수 없을 정도로 빠르게 무너지고 있었다.

'힘든데….'

몸도 마음도 점차 지쳐간다.

아직 포기하진 않았지만 이대로는 어렵다는 사실을 태현 스스로도 잘 알고 있었기에, 어떻게든 방법을 모색해 보려하지만 쉽지 않은 일이었다.

그런 태현의 기색을 눈치 챈 감영이 힘으로 밀어 붙였기 때문이다.

콰쾅– 쾅!

"컥!"

외마디 비명과 함께 연신 뒤로 물러서는 태현의 입가에 흐르는 붉은 피.

강렬한 충격에 내상을 입은 것이다.

으득!

이를 악문 태현은 재빨리 옷자락을 찢어 덜렁이는 왼

팔을 몸과 밀착되도록 묶었다.

쓸데없이 흔들려 몸의 균형을 깨트리지 않도록 하기 위해서였다.

임시처방이긴 하지만 하지 않은 것보다 훨씬 나을 터.

'좋든 싫든 길게 가져 갈 순 없어.'

승부를 걸어야 했다.

현재 상태로 태현이 할 수 있는 일은 많지 않았고, 승기가 완전히 넘어가기 전에… 자신의 모든 것을 짜내는 수밖에 없었다.

달라진 태현의 기세에 감영 또한 마지막 반격이 있을 것이라 생각하며 기운을 끌어 올린다.

'음! 단전이 아플 정도로 싸워본 것이 얼마만인지.'

"크크큭!"

오랜만에 느껴지는 고통과 즐거움에 자신도 모르게 웃음이 새어나온다.

특히 승기를 잡아가는 과정이다 보니 더욱 그러했다.

하지만 감영이 모르는 한 가지가 있었다.

내공이 점차 바닥을 보이는 자신과 달리 태현은 내공에 있어선 부족함을 느끼지 못하고 있다는 것을.

이전이라면 모를까 작은 깨달음을 얻고 난 이후 그야 말로 막대한 내공을 얻게 된 태현이었고, 덕분에 지금 이 순간에도 단전에서 끊임없이 내공을 공급해 주고 있었다.

우웅-.

주인의 마음을 읽은 것인지 낮게 울음을 터트리며 내공을 가득 머금는 청홍.

어마어마한 내공이 집중되고 있음에도 청홍은 어렵지 않게 버텨내고 있었다. 만약 청홍이 아니었다면 이 정도 내공을 집결 시킬 수도 없었을 테다.

서서히 빛을 뿌리는 청홍.

두 사람 간의 거리는 정확히 삼장!

서로의 기운이 최고치에 오르고!

"끝이다!"

일격에 모든 것을 끝내겠다는 듯 강력한 힘이 실린 감영의 정권 찌르기!

그에 맞춰 태현은 청홍을 휘둘렀다.

"극검(極劍)!"

으드득!

천검삼식 중 유일한 공격 초식인 극검에 자신의 운명을 걸고 검을 휘두른다.

하지만 완벽한 몸 상태에서 발휘 될 수 있는 것이 천검삼식이기에 부자연스러운 몸으로 발휘하는 극검은 그 위력이 좋은 싫든 떨어질 수밖에 없었고, 몸에 돌아오는 고

190

통도 어마어마한 것이었다.

으득, 으득!

이를 악물고 끝까지 검을 휘두르는 태현.

"크아아아!"

괴성을 내지르며 청홍이 휘둘러진다!

'흔들렸다! 빌어먹을!'

초식이 끝남과 동시 검끝이 흔들렸다는 것을 파악한 태현의 얼굴이 어두워진다.

그와 함께 두 사람의 기운이 부딪친다.

콰아앙-!

쩌적, 쩍!

어마어마한 굉음과 충격파.

강렬한 힘의 충격에 땅이 갈라져 나가고 그 여파로 두 사람은 서로 뒤로 물러서야 했다.

쿠오오오…

강렬한 힘의 여파가 천천히 사방으로 흩어지고.

서서히 드러나는 두 사람의 상반된 얼굴.

창백하지만 웃고 있는 감영과.

입가에 흐르는 피를 닦아낼 생각도 하지 못한 채 굳어 있는 태현.

사실상 승부가 갈린 것이다.

내공이 고갈되었지만 멀쩡히 움직일 수 있는 감영과 내공은 남았지만 더 이상 움직일 수 없는 태현.

　　누가 봐도… 태현의 패배였다.

　　'그 작은 흔들림이 패배를 가져온 건가.'

　　검이 흔들리기 전에 자신의 마음이 흔들렸다.

　　흔들린 마음을 잡지 못한 결과는 패배였다.

　　"흐… 흐하하하!"

　　파안대소를 터트리는 감영!

　　진심으로 기뻐하는 그가 천천히 태현을 향해 걸어오기 시작했을 때였다.

　　파바밧.

　　난데없는 발소리와 함께 감영의 수하 하나가 빠른 속도로 다가오더니 그의 앞에 부복한다.

　　잠시간 전음으로 이어지는 보고에 그의 얼굴이 붉어지기 시작하더니 곧 벼락같은 화를 질러낸다.

　　"그 개자식이!"

　　당장이라도 눈앞에 있으면 죽일 듯 살기를 뿜어내는 감영.

　　"끄응…."

　　하지만 금세 태현을 보곤 신음을 흘리더니 어쩔 수 없다는 듯 한숨을 내쉬었다.

192 3

"미안하지만 싸움은 이쯤에서 멈춰야 할 것 같다."

"내 패배다."

"솔직한 건 고마운데… 이쪽도 사정이라는 것이 생겨서 말이야. 어느 씹어 먹을 자식 때문에!"

으드득!

이를 가는 감영.

사실상 패배를 받아들였던 태현이기에 그의 말이 이어질수록 이상하다 생각했고, 곧 그 이유를 알 수 있었다.

"본의 아니게 약속을 어기게 됐다. 아무래도 나 몰래 숨어든 놈이 있었던 모양이다. 빨리 돌아 가보는 것이 좋을 것 같군. 내 쪽에서 결국 약속을 깨트린 것 같은 꼴이 되었으니 약속대로 모든 정보를 삭제해주마. 미안하게 됐다."

"…제길!"

그제야 상황을 파악한 태현이 불편한 몸을 이끌고 재빨리 항주를 향해 달리기 시작했다.

방금 전까지만 해도 움직일 수 없을 것 같던 태현의 몸놀림이 심상치 않았다.

그런 그의 뒷모습을 보고 있던 감영의 얼굴이 굳어진다.

"약속대로 모든 정보를 폐기한다. 알겠나?"

"존명!"

"그리고… 흑영 그 개자식을 찾아. 감히 내 일을 방해하다니! 가만두지 않겠어!"

으득!

그의 얼굴 가득 짜증과 살기가 서린다.

"존명! 그리고 주변의 포위는…?"

"물린다. 이젠 필요 없을 것 같으니."

"알겠습니다."

스스슥.

순식간에 모습을 감추는 수하를 뒤로 하고 돌아서는 감영의 표정은 여전히 좋지 않았다.

오랜만에 벌어진 기분 좋은 잔치를 망친 기분이었다.

"흑영… 이번엔 그냥 넘어가지 않는다."

까드득!

第 8 章.

亂窩武林 난검두림

第 8 章.

　몸이 내지르는 비명을 무시하며 움직일 수 있는 최대한의 속도로 진양표국으로 태현이 돌아왔을 땐… 이미 늦어 있었다.

　"미안하네."

　면목이 없다는 얼굴로 고개를 숙이는 마룡도제.

　하지만 곳곳에 난 상처가 그가 얼마나 동분서주했는지 알 수 있었다.

　비틀, 비틀.

　흔들리는 몸으로 마룡도제를 지나쳐 방 안으로 들어서자, 그곳엔 백검이 먼저 자리를 잡고 있었다.

멍한 눈으로 침상 위의 사내를 바라보는 그녀.

"왔구나. 하지만… 조금 늦었구나."

쓰게 웃으며 자리를 비켜주는 백겸.

침상 위에 잠든 듯 누워있는 사내.

황금충이었다.

그가 죽은 것이다.

황금충의 직접적인 사인은 독살이었다.

언제 어떻게 이곳에 잠입을 한 것인지 알 수 없지만 짧은 순간 황금충을 독살하고 이곳을 벗어나려 했던 것이다.

하지만 그 과정에서 뒤늦게 눈치 채고 달려온 마룡도제와 요란하게 싸우고서도 놈은 마룡도제의 손길을 벗어났다.

소란스러워지길 기다렸다는 듯 적들이 표국을 공격한 것이다.

백여 명도 되지 않는 작은 인원이었지만 표국을 소란스럽게 만들고, 마룡도제의 손을 어지럽게 하는 데는 충분했고 틈을 놓치지 않고 이곳을 빠져나간 것이다.

상황이 어찌되었건 의외로 표국엔 큰 피해가 없었다.

표국을 공격했던 이들의 실력이 그리 높지 않았던 탓

에 진양표국의 표두와 표사들만으로도 충분히 제압 할 수 있었던 까닭이다.

겉으로 큰 피해를 입지 않은 것 같은 진양표국이지만 실상은 어마어마한 피해를 입은 것이나 마찬가지였다.

다른 사람도 아닌 육좌선생으로 불리며 표국이 운영되는데 뛰어난 조언자였던 황금충이 죽임을 당한 것이다.

"이렇게 갈 것을⋯."

항주에서 멀지 않은 산의 좋은 자리에 묻히는 황금충을 보며 백검이 쓰게 웃는다.

그가 죽음으로서 남은 칠성좌의 사람은 그녀 혼자만이 남게 되었다.

한 사람의 배신으로 가족 같았던 그들이 흩어져 살아야 했고, 다들 좋지 않은 최후를 맞이해야만 했다.

그날 자신이 살 수 있었던 것은 살수가 오직 황금충 만을 노렸기 때문이었다.

자신이 함께 있다는 정보를 얻지 못했거나 아예 처음부터 무시하고 그만을 노렸을 수도 있다.

수많은 생각이 떠오르지만 곧 지워버린다.

황금충이라 불렸던 그는 더 이상 이 세상 사람이 아니었다.

'그보다 걱정이로구나.'

백검의 시선이 멈춘 곳은 태현이 있는 곳이었다.

창백한 얼굴로 말없이 봉분을 만드는 태현.

그날 이후 태현은 단 한 마디도 하지 않고 있었다.

부러진 왼팔과 심하게 입은 내상은 절대안정을 필요하
며 움직이는 것조차 용납이 되지 않을 정도였지만, 자신
의 몸을 뒤로하고 태현은 쉬지 않고 움직이고 있었다.

그렇게 시간이 흘러 완성된 묘 앞에서 마지막 절을 올
린 태현은 누구에게도 말없이 곧장 표국으로 돌아와 폐관
실에 틀어박혔다.

답답하지만 누구도 태현에게 말을 붙일 수 없었다.

수련실에 들어온 태현은 곧장 가부좌를 틀고 앉았다.

신기자와 거력신마를 제외하면 가장 오랜 시간을 함께
보낸 황금충 사부다.

비록 몸이 불편하게 많은 것을 함께 할 순 없었지만 그
래도 함께 있는 것만으로도 충분히 좋았다.

그런 사부의 임종을 곁에서 지키지 못했다.

아니, 적의 손에 죽게 만들었다.

'내 우유부단함이 만들어낸 결과다.'

자신을 탓하고, 탓하고 또 탓한다.

200

한계에 다다를 때까지 자신을 질책한다.

'내가 더 강했더라면… 그랬다면!'

황금충의 죽음은 태현에게 많은 의미를 가져다주었고, 많은 변화를 겪게 만들었다.

욱씬.

감영과의 싸움으로 인해 입은 내상은 심각한 것이었다.

당시 그 자리에 주저앉아 운기를 취하며 몸을 달랬어야 하는 것을 억지로 움직인 것도 모자라 며칠 간 상처를 방치했더니 말이 아니었다.

기운들이 꼬이고 또 꼬여 쉽게 풀릴 생각을 하지 않는 것이다.

"후우…."

한숨이 절로 나온다.

무엇을 하려고 해도 결국 중요한 것은 기초다.

현재 자신의 상태는 그 기초조차 되어 있질 않음이니 아무리 답답하다 한들 무엇도 할 수 없는 처지였다.

"그래도…."

한 가지 마음먹은 것이 있었다.

다른 사람들의 말에 흔들리기도 하고 결정하지 못하기도 했지만 이젠 아니었다.

"이젠 앞만 보고 간다."

인생의 목표가 정해졌다.

놈들에 대한 복수로.

결국 달라지는 것은 없었다.

하지만 중요한 것은 태현의 마음가짐이 완전히 달라졌다는 것이다.

이제까지 다른 사람들의 의지를 이어 받는 데만 집중했다면 이젠 자신의 의지로 놈들에게 복수의 칼을 휘두르려 하고 있었다.

†

"흑여어어엉!"

콰앙-!

고함과 함께 문을 부수고 흑영의 집무실에 들어서는 감영.

하지만 흑영의 집무실은 이미 텅 비어 있었다.

"이 새끼!"

으드득!

방금 전까지 있었던 것이 분명했다.

자신의 기척이 느껴지자마자 자리를 피한 것이 분명하

다.

흑영을 찾지 못한 감영은 애꿎은 집기들만 잔뜩 부수
곤 돌아갔고, 얼마 지나지 않아 흑영이 집무실에 모습을
드러낸다.

"치워라."

"명."

그의 명령이 떨어지기 무섭게 흑의인들이 나타나더니
엉망이 된 집무실을 치우기 시작한다.

깔끔해진 집무실에 홀로 남은 흑영의 얼굴이 좋지 못
했다.

우연히 손에 쥔 황금충에 대한 정보를 접하고 전공에
욕심이 나 감영이 일을 벌이고 있는 영역에 잠입하여 그
를 죽이는데 성공했다.

중간에 마룡도제에게 발각되어 잠시 싸움이 벌어지긴
했지만 그 정도는 이미 상정하고 있던 사안이기에 어렵지
않게 그곳을 벗어 날 수 있었다.

정작 문제는 감영이었다.

자신의 일을 방해받았다며 날뛰는 감영을 흑영으로선
도저히 막아낼 방법이 없었다.

팔영들 중 현재 가장 높은 위치에 있는 것은 자영이고,
실력 역시 그가 제일 뛰어날 것이라 판단하고 있지만 그

에 못지않은 존재가 감영이었다.

전공을 탐하지 않고 자신의 할 일만 하는 습성 때문에 잠시 잊고 있었다.

그가 일을 할 때는 지독히도 다른 사람들의 개입을 싫어한다는 것을.

"젠장! 며칠 늦출 것을!"

욕심에 눈이 멀어 먼저 움직였던 것이 탈이 될 줄은 정말 몰랐다.

황금충을 죽이는 전공을 세우고서도 감영이 저렇게 시끄럽게 구니 마땅한 보상도 제대로 받지 못하고 있었다.

당장만 하더라도 그의 눈을 피해 움직이고 있을 정도니.

"곰 같은 놈이 예민하긴!"

으득!

이를 갈며 자리에서 일어선 흑영이 향한 곳은 황영이 머물고 있는 곳이었다.

본래 황영은 이곳이 아닌 모처에 머물고 있었지만 이번에 일을 위해 본거지로 돌아와 있었기에 만나는 것에 큰 문제는 없었다.

또한 이번 황금충에 대한 정보를 물어다 준 것도 바로 그였다.

"아직도 감영이 날뛰는 모양이로군."

집무실에 들어서자마자 코를 찌르는 음식향기.

책상 가득 놓여 진 음식을 빠르게 먹으면서도 발음하나 틀리지 않고 말을 하는 황영이 신기하지만, 익숙한 흑영은 한쪽에 마련된 자리에 앉으며 말했다.

"너 감영이 저럴 것을 알고 내게 정보를 건넨 것은 아니겠지?"

"무슨 말 하는 거야? 내가 분명 정보를 줄 때 시간을 두고 작업을 하라고 했었잖아? 게다가 난 분명 확실하지 않을 수도 있다고 했을 텐데?"

"쯧."

혀를 차는 흑영에게 황영은 잘 구운 오리를 잘 찢어 입에 밀어 넣으며 말했다.

"이제까지 네가 처리한 자들 중에 그가 황금충일 가장 높을 확률을 가지고 있었던 것은 사실이지만, 확실한 것도 아니잖아. 수급이라도 잘라왔다면 주군께서 확인시켜 주시겠지만 말이야."

"제길. 나도 안다고! 마룡도제가 그렇게 빨리 움직일 것이라곤 예상치 못했다고!"

"명색이 무림오제의 한 사람이야. 쉽게 무시 할 수 있을 정도는 아니지."

음식을 먹는 것을 멈추지 않으면서 말을 하는 그 모습이 얄밉기 그지없지만 흑영으로선 더 이상 말을 할 수 없었다.

황영의 말 하나하나가 전부 사실이기 때문이다.

이제까지 황금충으로 생각되는 자들을 황영이 발견하면 그 뒤처리를 하는 것은 흑영이었다.

중원의 상권을 조종하고 있는 황영과 살수무공을 익힌 흑영은 서로 잘 어울리는 조합이었다.

특히 황영으로선 돈을 움직이는데 있어 흑영의 도움을 절대적으로 필요로 하고 있었다. 은밀하게 사람을 죽이는데 있어 흑영은 최고의 기술을 자랑하고 있으니까.

"꺼억! 이제야 좀 살겠군."

마침내 책상 위의 모든 음식을 남김없이 해치운 황영이 만족스러운 듯 자리에서 일어나 흑영의 앞에 앉는다.

살로 가득한 큰 덩치.

무공 수준도 낮지만 수련에 대한 의지가 거의 없는 황영이다. 그가 팔영의 일인이 될 수 있었던 것은 오직 그의 머리가 뛰어나기 때문이었다.

특히 상업쪽에선 견줄 이가 없을 정도였다.

오죽하면 황영대의 수하들 중에서도 황영보다 강한 이들이 있을 정도였다.

"자, 이제 제대로 이야기를 해보자고. 날 찾아온 이유가 뭐야? 미리 말하지만 나도 감영을 멈출 능력은 없어."

"저 미련한 곰이 다른 사람의 말을 들을 것이라곤 생각하지 않아. 그보다 감영이 나갔던 일은 정말 실패한 건가?"

"자신의 입으로 실패했다고 했으니 그런 것이겠지. 적어도 감영은 거짓을 말하진 않잖아."

"그렇긴 하지. 그래도 난 의심스럽다. 그가 돌아오고 얼마 지나지 않아 정보부에 큰 불이 난 것도 그렇고."

흑영의 의심에 황영은 피식 웃었다.

"감영이 그럴 이유가 없잖아. 게다가 불이 났다고 해도 보고에 따르면 소실된 자료가 적어 금방 복수 할 수 있을 것이라고 하고. 아직 각지의 지부에서 이동을 하지 못한 자료들이 대부분이라 하니 더욱 문제가 될 것은 없지."

"흠… 그래도 뭔가가 걸린단 말이지."

"감영에게 너무 겁먹어서 그런 것 아냐?"

황영의 놀림에 흑영은 혀를 찰 뿐 입을 열진 않았다.

비록 무공 실력은 자신이 위에 있지만 황영은 자신보다 머리를 잘 쓴다.

수많은 이들을 두 사람이 손을 잡고 죽였고, 그 많은 경험을 통해 흑영이 깨달은 것은 황영을 우습게 볼 것이 아니라는 사실이었다.

이제까지 행한 수많은 살업들 중엔 황영이 직접적인 범인으로 지목 받을 만한 것들도 많았지만 번번이 잘도 빠져나갔다.

그만큼 뛰어난 머리로 완벽한 계획을 세운다는 것이다.

서로가 부족한 것을 채워준다.

그렇기에 이렇게 싸우면서도 잘 해내 올 수 있었던 것이다.

"그보다 뭔가 정보가 없나? 이제 슬슬 위로 올라 갈 때가 된 것 같은데 말이야."

흑영이 조심스럽게 묻자 황영은 당연히 있다는 듯 웃으며 입을 열었다.

"일전 자영이 말했던 것처럼 조만간 우리는 세상에 모습을 드러내게 될 거야. 그러기 위한 사전 작업들이 진행되고 있고, 막대한 자금이 집행되고 있지. 내 볼 살이 쏙 빠질 정도로 말이야."

"전보다 더 찐 것 같은데?"

"무슨 소리? 무려 손이 한 마디나 작게 들어간다고."

당당하게 대답하는 그를 보며 흑영은 못 말리겠다는 듯 고개를 흔든다.

"어쨌거나 곧 주군의 결단이 내려지면 언제든 밖으로 나갈 준비를 하고 있는 거지. 문제는 밖으로 나가게 되면 우리 팔영의 위치가 간당간당 하다는 거지."

"그건 또 무슨 소리야?"

"지금까지 우리 팔영은 주군의 후계자 싸움을 벌여왔었지. 하지만 너도 알겠지만 일찌감치 구도가 자영으로 굳어져가는 분위기잖아. 그런 상태에서 중원을 손에 넣고 나면 자칫 자영의 눈에 우리가 걸림돌이 될 수도 있다는 말이지."

"다른 경합자들을 쳐낸다는 거냐?"

그 말에 어깨를 으쓱이는 황영.

"예를 들자면 그렇다는 거지. 아직 시간이 있으니 앞으로의 일을 생각해봐야지. 아니면 하루라도 빨리 자영의 밑으로 알아서 들어가거나."

"결국 때가되면 선택을 해야 한다는 것이로군."

"아무래도."

굳은 얼굴로 고개를 끄덕이는 황영.

가벼운 마음으로 왔다가 의외의 이야기를 들은 흑영은 한 숨을 내쉬며 자리에서 일어섰다.

"벌써 머리를 굴리려니 두통부터 온다. 나중에 일은 나중에 생각하는 것이 낫겠지, 아무래도."

"당장은 할 일부터 제대로 해내고 봐야지."

그 말과 함께 자신의 책상으로 돌아가는 황영을 보며 흑영도 자리에서 일어섰다.

"이제 또 어디로 피하나?"

감영의 기척이 느껴지는 곳에서 최대한 멀리 떨어진 곳으로 이동하는 흑영이었다.

†

내상을 치유하는 과정은 복잡하기도 했고, 많은 시간을 필요로 했다.

특히 태현과 같은 중상이라면 회복하는데 족히 일 년을 필요로 할 때도 있을 만큼 큰 부상이었다.

"달라졌구나."

백검은 자신의 앞에 앉은 태현을 보며 만족스러운 얼굴로 고개를 끄덕였다.

처음엔 걱정을 했는데 열흘 만에 폐관실에서 나온 태현의 얼굴은 생각처럼 나쁘지 않았다. 오히려 목표를 정한 듯 후련한 얼굴이었다.

"그동안 생각이 많았었는데, 이번 기회에 다 날릴 수 있었습니다. 주변의 말에 휘둘리기 보단 나 자신의 마음가짐이 중요하다는 것을 다시 한 번 느낄 수 있었습니다."

"중요한 것을 깨달았구나. 그래, 앞으로 어찌 할 생각이냐?"

그 물음에 태현은 거침없이 답했다.

"놈들을 막고 사부님들과 가문의 복수를 할 생각입니다. 당장은 그것만 생각하고 달려가기로 마음먹었습니다. 그 뒤의 일은 나중에 생각해도 괜찮겠지요."

"으음…."

"사부님들의 원수와 가문의 원수가 같은 놈들이라는 것을 알았으니 굳이 망설이고 있을 필요도 없다 생각합니다. 오히려 지금까지 이리저리 망설이고 휘둘린 것이 이상했던 것이지요."

단호한 태현의 말에 백검은 동의하면서도 걱정되었다.

분명 달라졌는데 그것이 좋은 것인지, 나쁜 것인지 감을 잡을 수 없는 것이다.

더 이상 이런 분위기로 있어선 안 되겠단 생각해 백검은 말의 방향을 바꾸었다.

"그동안 경이는 내가 가르쳤다. 이젠 혈의 자리도 곧잘 외울 뿐만 아니라 조금씩 기를 느껴가고 있는 단계지. 조만간 소주천을 시작해도 될 것 같구나."

"제가 했어야 하는 일인데, 죄송합니다."

"되었다. 오랜만에 재미있는 시간이었으니. 선휘를 가르칠 때가 생각나서 오히려 즐겁더구나."

웃으며 말하는 백검.

"하지만 내가 가르칠 수 있는 것은 여기까지. 천력신공에 대해 내가 알고 있는 것이 적으니 앞으로는 네가 가르쳐야 할 것이야. 당분간 내상을 치료하기 위해선 몸을 쉬어야 할 테니, 그 틈을 타서 가르치는 것도 나쁘지 않겠구나."

"그리하도록 하겠습니다."

백검과의 인사를 마친 태현이 밖으로 나오자 그곳엔 선휘가 언제나 그랬듯 말없이 태현을 기다리고 있었다.

하지만 두 눈에 서린 반가움은 숨길 수 없다.

"나 때문에 고생 많았다."

"무사하니 됐습니다, 사형."

"그래. 그보다… 어딜 갔느냐? 같이 있을 것이라 생각했다만?"

"그게…."

태현의 물음에 선휘가 난처한 듯 쉽게 대답하지 못한다.

말을 하기보다 직접보는 것이 좋겠다며 선휘가 안내한 곳은 표국의 안처였다.

　표국주인 허무선을 비롯한 직계들이 사는 곳으로 태현조차도 그리 많이 와보지 않은 곳이었다.

　황금충 그가 살아있을 때는 그가 머물던 뒤채에서 함께 생활을 했었고, 굳이 이곳에 올 볼일도 없었던 것이다.

　그렇게 안으로 들어가자 아기자기하지만 잘 꾸며져 있는 정원이 나오고 얼마 지나지 않아 두 여인의 높고 낮은 목소리가 들려온다.

　누가 보더라도 다투는 목소리.

　파설경과 허유비였다.

　재미있는 것은 이곳에서 일을 하는 사람들은 익숙한 듯 자신들의 아가씨가 목소리를 높이고 있음에도 움직이지 않는다는 것이었다.

　"그러니까 이건 그렇게 하는 것이 아니라니까요! 대체 머리는 장식으로 달린 거예요, 뭐예요?! 생각을 좀 하고 살아요!"

　"이딴 걸 내가 쓸 일이 있었어야지! 어휴, 내가 이런 덜 자란 꼬맹이한테 배우고 있어야 한다니."

　"더, 덜 자란 꼬맹이?! 내가 어딜 봐서 덜 자랐다는 거예요!"

허유비가 얼굴이 빨개져서 소리치자 파설경은 잠시 그녀의 몸을 위 아래로 살피곤 소리 나게 피식 웃는다.

"헹!"

"이익!"

이를 악다무는 허유비.

허유비 정도라면 어딜 가더라도 미녀 소리를 들을 수 있을 정도로 아름다운 외모를 지녔을 뿐만 아니라, 체형 역시 균형이 잡히게 발달되어 있었다.

누가 봐도 덜 자란 것은 아니었으나 문제는… 파설경과의 차이가 심하다는 것이었다.

"흐, 흥! 여자가 참신한 맛이 있어야지 멀대 같이 크기만 해서 뭐해요! 게다가 여기가 비어선 어딜 가서도 환대받지 못한다고요!"

"비, 비어? 이 덜 자란 꼬맹이가!"

"왜요! 내 말이 틀렸어요?!"

으르렁 거리는 두 사람.

누가 왔는지도 모르고 싸우는 둘을 보고 있던 태현이 선휘를 바라보자 선휘도 고개를 저었다.

처음 본 그 순간부터 두 사람은 대립각을 세우기 시작했고, 이제와선 누가 말려도 말을 듣지 않았다.

물과 기름의 관계와도 같은 그야 말로 앙숙이었다.

214

"어? 왔어?"

그제야 태현이 왔다는 것을 눈치 챈 파설경이 부끄러운 듯 머리를 긁으며 인사를 한다.

그에 반해 허유비는 대뜸 태현에게 다가와 말했다.

"오랜만이에요, 오라버니. 몸은 좀 괜찮으세요? 제가 걱정을 좀 많이 했답니다."

"음…."

부담스러울 정도로 말을 많이 하는 허유비를 향해 태현이 할 수 있는 것이라곤 고개를 끄덕여 주는 것뿐이었다.

언젠가부터 그녀가 자신을 향해 오라버니라 부르고 있었는데 표국의 일도 그만둔지라 딱히 떠오르는 호칭이 없었기에 그냥 둔 것인데 이리 부담스러울 지 미처 몰랐었다.

"덜 자란 꼬맹이는 좀 비키지?"

"누가 덜 자랐다는 거예요!"

"너!"

정확하게 손가락으로 허유비를 지적한 파설경이 태현에게 다가오며 물었다.

"이젠 좀 괜찮은 모양이지? 뭔가 좀 달라진 것 같기도 하고."

아직 무공을 익히진 않았지만 험한 생활을 하며 많은 사람을 지켜보았던 그녀이기에 태현이 달라졌다는 것을 세 사람 중에 가장 먼저 눈치 챘다.

하지만 거기까지였다.

뭔가 달라졌다는 것은 알겠지만 그걸 물을 이유도, 필요도 없다 생각한 것이다.

굳이 알아야 할 필요도 없고.

"이제 무공을 익혀도 될 준비가 되었다고 하시던데, 괜찮을까?"

"그렇지 않아도 그것 때문에 왔다. 내일부터 본격적으로 내공 수련을 시작하지. 천력신공이 널 거부하지 않는다면 어렵지 않게 단전에 내공을 쌓을 수 있겠지."

태현의 말에 고개를 끄덕이는 파설경.

"그럼 당분간은 매일 같이 우리 둘이서 보는 건가?"

말을 하며 은근히 허유비를 보는 그녀.

이미 그동안의 행동으로 허유비가 태현에게 관심이 있다는 것을 눈치 챘기에 그녀를 약 올리기 위해 일부러 물은 것이다. 그러면서 한 발 더 나가 태현의 팔짱을 끼려고 했지만 그 순간 날아드는 시선 하나에 자연스럽게 시선의 주인 곁으로 이동한다.

"네가 익숙해질 때까지 폐관실에서 수련을 해야 하겠

216

지. 가문의 비전을 다른 사람들에게 보일 수는 없을 테 니."

"그, 그렇겠지? 아하, 아하하핫!"

억지웃음을 터트리는 그녀의 등으로 흐르는 식은땀.

분노의 표정을 지으며 자신을 째려보고 있는 허유비가 문제가 아니었다.

말없이 자신의 얼굴에서 눈을 떼지 않고 있는 선휘가 더 무서운 파설경이었다.

NEO ORIENTAL FANTASY STORY

第 9 章.

亂倒武林 난검두림

第 9 章.

천력신공(天力神功).

무공의 이름에 신공(神功)이란 이름이 붙은 것처럼 천력신공은 무림에서도 손에 꼽는 무학(武學)이다.

그럼에도 불구하고 천력신공에 대해 잘 알려지지 않은 면이 있었는데, 가장 큰 원인은 천력신공의 주인인 천력파가(天力杷家)에 있었다.

천력파가의 사람들은 외부인들과의 교류를 그리 좋아하지 않고, 자신들이 필요한 것이 없는 한 대도시로 나가지도 않았다.

자신들이 가진 것에 만족할 줄 아는 가문인 것이다.

하지만 그 이전에 천력신공은 오직 천력파가의 사람만이 익힐 수 있다는 제약 때문이기도 했다.

천력파가의 후예.

그 중에서도 피를 강하게 타고난 사람만이 천력신공을 익힐 수 있었고, 가끔 천력파가의 후예이자 직계손이라 하더라도 천력신공을 익히지 못하는 때가 있었다.

즉, 피의 기운에 따라 천력신공을 익힐 수 있는 여부와 그 힘이 결정되는 불완전한 무공인 것이다.

그 원리가 대체 어떻게 되는 것인지에 대해선 누구도 알지 못했다.

다만 확실한 것은 진짜 천력신공을 발휘 할 수 있는 자가 나타난다면 그를 상대 할 자 무림에서도 손에 꼽을 정도가 될 것이란 사실이었다.

이는 거력신마에게 직접 들었기에 태현도 잘 알고 있었다.

심지어 거력신마 본인도 천력신공의 적합률이 겨우 육할에 불과하다는 것도.

천력신공의 시작은 특이하게도 천력신공의 책을 처음부터 끝까지 읽는 것으로 시작된다. 그 뒤는 구결에 따라 절로 기운이 일어나며 천력신공의 토대가 되는 것이다.

당시 거력신마가 웃으며 말하길.

"가문의 이름이 하늘(天)이 들어간다는 그런 것이다. 대대로 축복 받는 복이 될 수도 있지만 때론 언제 사라질지 모르는 화를 안고 살아야하지. 우리 가문이 세상에 잘 나타나지 않는 것은 그런 불안함 때문일 지도 모르지. 하하하!"

다행히 천력신공을 끝까지 읽은 그녀가 조용히 가부좌를 틀며 혼자만의 세상으로 들어간다.

일단 천력신공이 그녀를 거부하지 않았다는 증거다.

만약 거부하게 된다면 몇 번을 읽어도 아무런 반응을 일으키지 않는 것으로 알고 있었다.

'앞으로는 그녀의 몫이겠지.'

천력신공에 대해 어느 정도 알고 있는 것은 사실이지만 태현은 천력신공의 무공서를 읽어보지 않았다.

어디까지나 천력신공은 천력파가의 것이니까.

게다가 태현 자신이 익히고 있는 천검도 완성하지 못한 판국에 천력신공을 보고 있을 겨를이 어디에 있겠는가.

그녀와 마주한 자리에서 가부좌를 틀고 앉아 꼬여버린 기맥을 풀기 위해 눈을 감는다.

"이게… 무공인가?"

자신의 몸 안에서 오가는 내공의 기묘한 감각이 낯선 듯 신기하게 자신의 몸을 내려다보는 파설경.

놀랍게도 그녀는 단 며칠 만에 완벽하게 천력신공을 자신의 것으로 만들었을 뿐만 아니라, 무서운 적합률을 자랑하며 그 힘을 자랑하고 있었다.

태현의 눈이 틀리지 않았다면 그녀의 적합률은 최소한 거력신마의 것을 넘어선다.

'여고수의 탄생이로군.'

무림에서 활동을 할 것인지는 전적으로 그녀의 몫이지만 분명한 것은 그녀 이상의 여고수를 찾아보기란 무척 어려울 것이란 사실이었다.

그렇게 태현은 파설경을 가르치며 자신의 몸 상태를 점검하며 이곳 진양표국을 떠날 준비를 시작했다.

감영은 자신이 한 말처럼 약속을 지킨 것인지 이곳을 찾는 적은 없었다.

그렇다면 그들이 다시 정보를 모으기 전에 이곳을 떠나며 그 흔적을 지워야했다.

진양표국에 폐를 끼칠 순 없는 것이다.

그렇게 태현이 준비를 하는 동안 무림이 시끄러워지기 시작했다.

갑작스런 혈마의 준동으로 인해 시끄러워졌던 무림은 무림신룡의 등장으로 인해 어렵지 않게 혈마를 막아내었다.

게다가 무림신룡으로 인해 무림이 크게 떠들썩해졌지만 끝내 정체를 밝히지 않고 나타나지 않는 그로 인해 빠르게 조용해지고 있었다.

물론 그 정체를 밝혀내기 위해 분주하게 움직이는 자들이 있는 것은 사실이지만, 아직 뭔가 소득을 얻은 곳은 없었다.

그렇게 무림이 조용해진다고 생각한 순간 의외의 곳에서 시작된 싸움이 점차 규모가 커져가고 있었다.

요 수십 년 동안 자신들의 영역에서 조용히 살아가며 움직이지 않던 천마신교가 조금씩이지만 움직임을 보이고 있었다.

처음엔 천마신교에 속한 작은 문파와 정파 문파간의 흔히 있는 힘겨루기였다.

무림의 평화를 위해 어지간하면 대규모의 싸움이 벌어지지 않던 것이 근래인데, 이 두 문파의 싸움은 점차 커지기 시작하더니 곧 주변의 문파들까지 끌어들여 피 튀기는 혈전이 벌어졌다.

이 과정에서 마도문파 세 곳이 멸문 당하고 가담했던

다른 두 문파 역시 폐문에 이를 지경으로 당했다.

그에 반해 손을 잡았던 여섯 정파 문파들의 피해는 한 개 문파가 문을 닫았을 뿐이다.

오랜만의 큰 싸움이기에 사람들의 시선이 몰렸다.

그러면서 이기는 쪽은 마도문파가 될 것이라 생각했었다. 비슷한 숫자라면 개인의 전력이 좋은 마도문파가 압도적으로 유리했기 때문이다.

하지만 상황은 뒤집혔고 그에 많은 사람들이 놀랐다.

문제는 거기서부터 시작되었다.

승리한 문파들이 하나 둘 정체를 알 수 없는 자들에 의해 멸문을 당하기 시작한 것이다.

겨우 살아남은 자들이 범인으로 지목한 것은 암혈적문(巖穴迹門)이란 마도문파였다.

암혈적문은 천마신교의 하위 문파들 중에서도 상당한 힘을 가지고 있는 문파로, 이번에 멸문한 문파들의 무인들을 품으로 끌어들인 곳이었기에 의심을 받는 것은 어쩔 수 없었다.

물론 암혈적문으로선 적극적으로 아니라고 해명을 했지만.

암혈적문을 상대하기 위해 나선 곳은 그와 비슷한 규모를 지닌 몽검산장이란 곳이었는데 그렇지 않아도 두 문파의 사이가 나쁜 곳이었던 지라 싸울 조건이 갖추어지자 서로를 향해 검을 들었다.

그 싸움이 점차 커지더니.

이제는 귀주 전체를 두고 크게 싸우고 있었다.

마도의 하늘이라는 천마신교의 지원이 없다면 결코 있을 수 없는 일이라며 정파 무인들이 강력하게 항의했으나 천마신교는 절대 그러지 않았다며 딱 잡아떼고 있었다.

그것을 믿는 사람은 거의 없었다.

상황이 어찌되었거나 일은 커졌고 이젠 귀주가 아닌 다른 곳에서 심상치 않은 싸움이 벌어지고 있었다.

수십 년의 평화가 깨어지려는 것이다.

그리되자 무림 전체가 크게 긴장을 하는 가운데 홀로 신이난 자들이 있었으니 바로 상인들이었다.

각 문파들 마다 식량과 무기를 비축하기 시작하니 평소와 비교 할 수 없을 만큼의 이윤을 얻기 시작한 것이다.

거기에 맞춰 물건 값을 빠르게 올리려는 자들이 있었으나 중원제일상단이라 불리는 만금상단이 나섰다.

연계되어 있는 상인들에게 장사는 하되 되도록 일반인들의 가계를 위해 물건값을 올리지 말도록 주문을 한 것이다.

값을 올리지 않아도 충분한 이윤을 얻고 있는 판국이었기에 상인들로선 만금상단의 말을 듣지 않을 수 없었다.

막말로 그들에게 미움을 산다면 내일부터 당장 살 물건이 없어질 뿐만 아니라, 상계에서 쫓겨날 수도 있기 때문이다. 그만큼 만금상단의 영향력은 막대한 것이었다.

그런 소식에 백성들은 만금상단을 크게 칭찬했지만 실제로 가장 많은 돈을 벌고 있는 것은 바로 그들이었다.

중원에 팔리는 무기의 육 할이 그들이 유통을 시키는 것이었고, 식량 역시 마찬가지였다. 거기에 이번 일로 인해 많은 이들이 만금상단을 찾게 되니 말 한마디로 앉아서 돈을 쌓아가고 이는 것이다.

"부족하군, 부족해."

중원 전역에서 쏟아지는 어마어마한 이윤에도 불구하고 만금상단을 지휘하는 상단주의 얼굴은 좋아지지 않는다.

금왕(金王)이라 불리는 만금상단주의 얼굴엔 고민이 역력했는데, 돈이 들어갈 곳은 많은데 반해 벌어들이는 것은 작기 때문이었다.

다른 사람이 듣는다는 기겁할 이야기였지만 그에게 있어선 당연한 일이었다.

"뒤로 물건을 좀 풀어야 하나?"

돈이 나올 머리를 굴리는 금왕.

"뭘 그리 고민하고 있는 거냐?"

쩝쩝쩝.

오리고기를 손에 든 채 당당하게 병풍 뒤에서 모습을 드러내는 황영.

그의 등장과 함께 금왕은 즉시 자리에서 일어나 그의 앞에 부족한다.

"주인을 뵙습니다!"

"됐어. 그보다 뭐가 문제냐?"

찌익!

단숨에 오리고기를 찢어 입에 넣으며 묻자 금왕은 즉시 대답했다.

"돈이 부족합니다. 현재 하루에 본 상단이 얻고 있는 이득은….."

"됐어. 뭘 구질구질하게 설명을 하고 그래? 돈이 필요하다면 벌면 되는 일이지. 내가 지시한 대로 물건 값을 올리지 못하도록 했어?"

"예. 대부분의 상인들이 저희의 뜻을 따르고 있습니다. 이제 물건 값을 올리면 욕을 먹을 것이 뻔하니 다른 쪽에서도 쉽게 값을 올리지 못하고 있습니다."

"좋아. 이제 물건량을 줄여."

"예?"

"가격은 같은데 물건의 양이 줄어들게 되면 물건을 필요로 하는 곳에선 어떤 방법을 취할까?"

"아!"

그제야 황영의 말을 알아들은 금왕이 고개를 숙인다.

"필요한 놈들은 먼저 값을 올려서라도 물건을 구하려고 할 거야. 정확한 가격대를 모르니 더 비싸게 팔 수 있지. 그동안 모아놓은 것과 당분간 물건을 줄이면서 비축하게 될 것들을 생각하면 최소 몇 배의 이득은 볼 수 있지."

"즉시 조치하도록 하겠습니다."

"슬쩍 친한 상단주들에게 이야기하는 것을 잊지 마. 상인이라면 머리가 돌아가는 자들이니 대충 이야기해도 알아듣고 우리가 하는 대로 따라 올 테니. 적당히 나눠줘야 여기저기서 말이 안 나오는 법이다."

"명심하겠습니다."

"음식이나 좀 가져와. 배고프다."

"즉시 준비하겠습니다."

익숙한 듯 황영의 말에 자리에서 일어난 그가 밖으로 나가더니 잠시 후 상다리가 휘어질 정도로 가득 음식을 가지고 온다.

각종 산해진미들이 즐비한 식탁.

기다렸다는 듯 먹기 시작하는 황영.

그의 손이 한 번 움직일 때마다 접시가 비어간다.

"물건 부족으로 인해 조만간 급격히 시장 가격이 치솟아 오를 것으로 보입니다."

"가격은 안정세라 하지 않았나?"

"그랬습니다. 물건의 가격은 그대로인데 물건이 모자라다고 합니다."

양 총관의 보고에 허무관의 얼굴이 구겨진다.

물건 가격이 그대로인데도 불구하고 물건이 부족하다는 것은 몇 가지 이유를 들 수 있지만 굳이 총관이 다급히 달려와 보고를 할 정도라면 상단들이 장난을 치고 있다는 뜻이다.

"어디서 이런 못된 장난을 치는 건가?"

"아직 확실하지 않습니다만, 아무래도 대형 상단 대부분이 연관되어 있는 것 같습니다. 근래 무림의 움직임이 좋지 않는다 싶더니 이번 기회에 한몫 단단히 벌어볼 목적인 것 같습니다."

"허… 일반 백성들의 고생이 심할 것인데."

무림과 관은 서로의 일에 크게 관여하지 않는다.

그렇다고 완전 별개의 것도 아니었다.

대형문파들 대부분은 스스로 상단을 꾸려 문파를 유지할 수 있는 돈을 벌곤 한다.

그렇기에 무림에 일이 생기고 할 때면 여러 가지로 물건들이 부족해지며 중원 전역의 물건 값들이 치솟을 때가 많았다.

전쟁과 무림의 싸움은 큰돈이 된다.

상인들에게 오래전부터 내려오는 격언 아닌 격언.

"문제는 우리가 할 수 있는 것이 많지 않다는 것이로군."

"아무래도 그렇습니다. 미리 필요한 것들을 구해 놓고 비싸졌을 때 비축해놓은 것들을 사용할 수는 있겠습니다만… 현재 본 표국의 규모를 생각한다면 그것도 쉽지 않은 일입니다. 하지만 지금 준비해놓지 않으면 이제 일어서고 있는 저희 입장에선 큰 타격을 입을 수 있습니다."

양 총관의 설명대로였다.

근래 와서 조금씩 지출이 적어지며 돈이 모이고 있는 상황이지만 바로 얼마 전까지만 하더라도 돈을 버는 대로 다시 투자를 하는 상황이 이어지고 있었다.

표국의 규모가 커진다는 것은 그만큼 많이 벌지만 많

232

이 나간다는 뜻이기도 하니까.

겨우 안정 된 진양표국이기에 돈이 부족해지면 자칫 큰 문제로 이어질 수 있었다. 잠시간이라면 몰라도 싸움이 길어지면… 아무래도 준비를 할 필요가 있다.

"무림대전이라도 터진다면 아무래도 일감이 줄어들겠지?"

"돈이 되는 의뢰야 들어오겠지만 하나 같이 위험하니 몸을 사리는 것이 낫겠지요. 그리 따지면 일이 줄어들긴 할 겁니다."

"쯧… 어쩔 수 없지. 자네가 괜찮은 곳을 알아보고 적당한 가격에 넉넉할 정도로 물건을 준비하도록 하게. 일이 줄어도 사람들 배는 굶기지 말아야 하지 않겠나."

"그리 하겠습니다."

표국도 표국이지만 일하는 사람들부터 챙기는 것 허무선.

이젠 항주의 삼대표국 중 하나가 되었음에도 불구하고 그는 크게 달라진 것이 없었다.

그것이 양 총관은 좋았다.

진양표국 뿐만 아니라 돈의 흐름을 아는 자들이라면 발빠르게 물건들을 비축하기 시작했고, 덕분에 더욱 빠르게 물건들의 씨가 말라가기 시작했다.

그 결과.

완벽하게 황영이 바라던 것처럼 수많은 사람들의 비공식접촉이 이어지기 시작했고 만금상단은 이전과 비교 할 수 없는 수익을 얻을 수 있었다.

"핫!"

기합과 함께 힘차게 뻗어나가는 주먹이 사람보다 큰 돌의 중심을 때린다.

있는 힘 것 때렸기에 주먹이 부러질 수도 있는 상황.

쿵-!

묵직한 소리가 울려퍼지고.

쩌쩍, 쩍!

우르르릉!

놀랍게도 주먹을 중심으로 돌이 갈라지기 시작하더니 산산조각이 난 채 우수수 떨어져 내린다.

"우와…!"

자신이 벌이고서도 믿기지 않는 듯 바닥의 돌을 바라보는 파설경.

큰 힘을 들이지 않은 것 같은데도 자신보다 족히 수배는 큰 돌을 산산조각 내자 그녀는 아이처럼 좋아했다.

그러면서 허공에 대고 연신 주먹을 휘두르는 그녀.

휘휙, 휙!

"힘 조절이 능숙해질 때까지는 조심하는 것이 좋을 거다. 자칫하다간…"

퍽!

태현의 말이 끝나기도 전에 그녀가 휘두른 주먹이 나무를 후려친다.

와직. 와지직!

끼이… 쿠쿵!

기묘한 소리를 내며 넘어가는 나무.

"조심하도록."

"꺄하하하… 그래야겠네."

스스로 해놓고도 놀란 듯 고개를 끄덕이는 그녀.

천력신공을 익힌 그녀는 몸에서 끓어오르는 힘을 주체하지 못하고 있었는데, 그것을 조절하기 전까지는 아무래도 다른 사람들과의 접촉을 피하는 것이 좋을 것 같았다.

그렇게 파설경에게 몇 가지 조언을 해주고 있을 때 선휘가 다급히 달려왔다.

"사형!"

하늘 위 구름을 뚫으며 치솟은 혈광!

갑작스레 나타난 이상 현상을 처음엔 사람들은 이해

할 수 없었다. 우연히 일어난 일이라 치부하기도 했다.

허나, 그 빛의 출현지가 암혈적문과 몽검산장이 싸우고 있던 현장이었던 이야기가 흘러나오나 싶더니 기묘한 소문이 돌기 시작했다.

적혈검(赤血劍)이 등장했다!

암혈적문과 몽검산장이 이렇게 치열하게 싸우는 이유가 바로 적혈검 때문이라는 이야기까지 나돌기 시작했고, 다급히 두 문파에선 아니라고 해명했지만 얼마 뒤 다시 발생한 적광에 누구도 믿지 않았다.

적혈검이 무엇인가.

삼백년 전 사혈검선(死血劍仙)이라 불리던 당시 천하 최고수의 독문병기였다.

천하십대병기에 당당히 그 이름을 올리고 있던 적혈검은 사혈검선의 실종과 함께 사라진 것으로 알려져 있었다.

그런 적혈검이 나타났다는 것은 어쩌면 사혈검선이 남긴 무엇인가를 찾을 수 있는 열쇠가 될 수도 있는 것이다.

많은 이들이 그렇게 생각했고 귀주로 몰려들기 시작했다.

236

그렇지 않아도 시끄럽던 귀주가 들썩이기 시작했고, 결국 일이 터졌다.

진짜 적혈검이 나타난 것이다.

그것도 몽검산장주가 가지고 있었다.

"결국 몽검산장주가 욕심에 눈이 먼 무림인들에 의해 죽고 적혈검은 귀주 안에서 하루에도 수차례 주인이 바뀌는 통에 이젠 누가 가지고 있다는 이야기도 들리지 않는다고 해요."

"적혈검이라… 이런 시기에 그런 보물이 나왔다는 것은 놈들의 계략일 확률이 높다는 것이겠지?"

"그럴 거라 생각해서 달려온 거예요."

선휘의 이야기에 태현은 고개를 끄덕였지만 문제는 당장 어떻게 할 방법이 없다는 것이다.

아직 자신의 몸이 회복되지 않은 상황이기에 놈들의 계략이라는 것을 알면서도 막기 위해 나설 수가 없었다.

억지로 나선다 하더라도 만약 그곳에 감영이 모습을 드러낸다면? 아무것도 하지 못하고 그의 손에 죽임을 당할 것이 분명했다.

그날 내상을 크게 입은 자신과 달리 그는 내공 소모가 심했을 뿐이었으니까.

지금 생각해보면 태현도 내상을 입을 정도가 아니었다.

침착하게 대응 할 수 있었다면 좋았을 것을 당시엔 그러질 못했고, 결국 내상으로 이어진 것이다.

"어쩐다…."

놈들의 짓이 확실한 만큼 놈들의 뜻대로 되게 놔두고 싶지 않지만 자신은 움직일 수 없다.

하다못해 내공을 끌어 올릴 수만 있어도 어떻게 해보겠지만 그럴 수도 없었다.

그때였다.

"아…!"

왜 이제야 떠올리는 것인지 이상 할 정도인 한 사람.

"그분이라면!"

신의 장헌.

그라면 지금 태현의 몸 상태를 가장 빠르게 고쳐 줄 수 있는 능력을 가진 사람이었다.

게다가 오래 전 한 번에 불과하긴 하지만 자신을 도와주겠다는 이야기를 하지 않았던가.

'하지만 이런 일에 그분의 도움을 청해도 되는 것일까?'

문제는 그것이었다.

앞으로 어떤 일이 벌어질지 모르는 상황에서 시간을 두면 자연스럽게 치료될 자신을 좀 더 빨리 고쳐보고자 도움을 받고나면 진정 위험할 때는 어찌해야 할 것인가.

장헌의 성격을 생각한다면 결코 두 번의 도움은 없을 터다.

그렇게 태현이 고민하고 있을 때였다.

"아, 여기 있었군!"

웃는 얼굴로 마룡도제가 찾아왔다.

"선호에게 다녀오신다 하지 않으셨습니까?"

아들의 상태를 확인하기 위해 호암산으로 향한 것이 며칠 전의 일이다. 당연히 좀 더 시간이 걸릴 것이라 생각했는데 생각보다 일찍 돌아온 것이다.

"하하, 쫓아내시는 통에 오래있을 수가 있어야지. 그보다 신의께 자네의 이야기를 했더니 이걸 주시더군."

탁.

마룡도제가 품에서 꺼낸 것은 손바닥만 한 작은 목 함이었는데, 오래된 것인지 상당히 낡아 있었다.

"내상 치료에 탁월한 물건이라고 하시더군. 그리고 이것은 도움이 해당되지 않는다는 말씀도 하셨다네. 일단 난 국주님을 뵙고 와야 하겠네."

"감사합니다."

"하하하, 어차피 가는 길이었네."

웃으며 돌아서는 마룡도제.

말은 그렇게 했지만 사실 태현의 몸 상태가 좋지 않은 것을 생각하던 그가 아들을 본다는 핑계로 신의에게 약을 얻어온 것이었다.

아들을 살린 은인이나 마찬가지인 태현에게 조금이라도 도움이 되었으면 하는 심정에 다녀온 것이다.

그 작은 도움은 지금의 태현에겐 최고의 선물이나 마찬가지였다.

달칵.

목 함을 열기 무섭게 사방에 퍼져나가는 청아함.

갓 태어난 아이 주먹만 한 푸른 단환이 그곳에 들어 있었는데, 보는 것만으로도 대단한 물건임을 알 수 있었다.

"감사합니다."

신의가 있는 곳을 향해 잠시 고개를 숙인 태현은 곧장 그것을 가지고 폐관실로 향했다.

단단히 문을 잠근 뒤 지체 없이 단환을 단숨에 입에 넣는다.

입에 들어가자마자 그 큰 단환이 마치 물처럼 녹아내리더니 금세 목으로 넘어간다.

몸 전체가 상쾌해지는 것 같은 청아함이 맴돌고.

240

두근, 두근.

심장이 뛰기 시작했다.

즉효성의 약인 것인지 빠르게 몸 구석구석에 침투하기 시작한 약기운들이 얽힌 기맥들과 싸우기 시작했다.

웅웅웅ㅡ.

그에 맞춰 단전에서부터 조심스레 기운을 끌어올리는 태현.

힘을 받은 약기운들이 힘차게 얽힌 기맥을 풀어나가고, 상처 입은 기맥을 보호한다.

쏴아아ㅡ.

마치 전신이 기의 바다에 깊이 담근 것 같은 착각을 불러일으킬 정도다.

탄력을 받은 기운들은 빠르게 태현을 치료해나가기 시작했고 꼬인 기맥들이 풀릴 때마다 느껴지는 그 상쾌함은 뭐라 말 할 수 없는 황홀경으로 태현을 이끌었다.

†

"헉, 헉!"

거친 숨을 토해내며 다급히 산을 오르는 사내.

놓지 않겠다는 듯 두 손으로 꽉 쥔 품안의 검 한 자루.

진홍의 검집이 유난히 눈에 들어오는 그것은 적혈검이라 불리는 것이었다.

'이곳을 빠져 나갈 수만 있으면 나도 무림고수가 될 수 있어! 좋아, 할 수 있어!'

숨은 거칠어지고 몸은 피곤하지만 우연히 적혈검을 손에 넣은 순간부터 그는 꿈에 부풀어 있었다.

적혈검의 주인이었던 사혈검선의 무공을 익힐 수만 있다면 무림 최고수 중의 한 사람으로 거듭나는 것은 문제도 아니었으니까.

촤악-.

나뭇잎에 생채기가 생기는 것도 모른 채 그는 뛰고 또 뛰었다.

당장이라도 숨을 고르고 편히 쉬고 싶지만 그럴 순 없다.

평생을 삼류무인으로 살아온 자신에게 주어진 천금 같은 기회를 이렇게 버릴 수는 없는 것이다.

핑-.

그때였다.

눈앞에 기묘한 선이 보인다 싶더니… 돌연 그가 쓰러졌다.

머리와 몸이 분단되어 피를 흩뿌리며.

푸화확–!

허공에 뿌려진 피.

대부분의 피가 바닥에 떨어졌지만 허공에 가늘게 맺혀 있는 것들이 있었다.

은사(銀絲)였다.

"후후, 분에 넘치는 물건을 가진 죄로 알거라."

스슥.

웃음소리와 함께 모습을 드러내는 흑의인.

가볍게 손을 흔드는 것만으로 주변에 펼쳐진 은사를 전부 회수한 그는 곧장 적혈검을 쥐었다.

"이곳에서 기다린 보람이 있군."

"그러게 말이야."

콰득!

"컥!"

마치 기다렸다는 듯 흑의인의 심장을 등에서 부터 꿰뚫는 손 하나.

웃고 있는 사내의 얼굴.

"소면살(笑面殺)…."

"내 이름을 아는 놈이니 편하게 보내줘야지. 하하하."

퍽!

웃으며 놈의 심장을 터트린 그는 곧장 적혈검을 손에

넣더니 달리기 시작했다.

남들의 눈에 보일까 나무 위로는 절대 올라가지 않고 철저히 숲속으로만 이동을 했고, 될 수 있으면 최대한 흔적을 남기지 않았다.

개울이나 강이 나오면 그곳을 따라 내려가거나, 올라가는 등 추적술에 능한 자들을 대비하기도 했다.

삐이익!

"저건!"

그렇게 조심을 했음에도 돌연 하늘에서 들리는 날카로운 소리에 고개를 들자 하늘 높이서 원을 그리며 날고 있는 매가 보인다.

추적술을 쓰는 자들 중에 오양이란 이름을 가진 자가 있는데 그의 특기는 매를 부려 사람을 찾는 것이라 했다.

추적꾼들 중 유명한 그를 떠올린 소면살의 얼굴이 일그러진다.

"빌어먹을! 그 자식까지 온 건가?"

서둘러 움직이기 시작하는 소면살.

하지만 허공의 매는 소면살을 따라서 움직이며 소리를 내지르고, 녀석을 잡기 위해 돌을 던져보지만 그때마다 번번이 피해낸다.

철저한 교육을 받은 놈임이 분명하다.

그렇지 않고서야 소면살 정도 되는 자의 공격을 피해
낼 수 있을 리 만무하기 때문이다.

"저기에 있다!"

"잡아라!"

문제는 매가 우는 소리에 온 사방에서 사람들이 몰려
들기 시작했다는 것이다.

산을 빼곡히 채우며.

"젠장!"

"서른 번째 적혈검의 소유자인가?"

"예. 계획대로 움직이고 있습니다."

"눈치 채지 못하게 제대로 해야 한다."

"예!"

고개를 숙이며 사라지는 적의(赤衣) 무인.

아직 낫지 않은 몸의 곳곳에서 고통의 신호를 내보내
자 적영은 자신도 모르게 신음을 흘린다.

"으음…!"

아직 다 낫질 않아 복귀까지 시간을 필요로 하는 적영
이 임무를 위해 외부에 투입이 된 것은 이번 일을 처리할
사람이 없기 때문이었다.

백영이 죽음으로서 그가 하던 일을 나머지 팔영들이

나눠서 하기로 했지만 이번 일 만큼은 누구도 시간이 나질 않았고, 결국 적영이 나선 것이다.

"빌어먹을 놈 같으니."

죽은 백영을 욕하며 어느새 수하가 가져온 푹신한 의자에 몸을 기댄다.

"준비는?"

"완벽합니다. 폭약 반입까지 전부 마쳤고, 남은 것은 뇌관의 설치뿐입니다. 빠르게 진행이 되고 있으니 곧 완료될 것이라 생각됩니다."

"실수해선 안 된다."

"예."

"하필이면 수하들까지 몽땅 다함께 죽을 줄은…."

얼굴을 찡그리는 적영.

본래 이번 일은 백영이 맡았던 것으로 그가 갑작스럽게 죽으며 작전이 중단된 것이었다.

문제는 일을 하던 그의 수하들까지 전부 죽는 바람에 적영이 일을 갑작스레 이어받다보니 쉽지 않다는 것이었다.

아무리 찾아봐도 준비해 놓은 함정의 설계도가 보이질 않음이니 결국 계획대로 폭약으로 전부 날려버리되 그 양을 늘려 만약을 대비하기로 했다.

어마어마한 돈이 들어가는 일이지만 일의 중요성을 생각해 적영은 아끼지 않고 예산을 투입했다.

좋든 싫든 다시 복귀해서 치르는 첫 번째 일인 만큼 성공적으로 치러내야 하는 것이다. 이번에도 실패하게 된다면… 생각하기도 싫을 정도였다.

"유명한 놈들은 몇이나 왔지?"

"제법 이름 있는 자들이 이곳을 찾긴 했으나, 천마신교나 무림맹 인물들은 보이질 않고 있습니다."

"신교 놈들이야 꿍꿍이를 제대로 알 수 없는 놈들이니 그렇다 치고. 구파일방과 오대세가가 빠르게 무림맹을 결성 한 것은 좀 의외였던 말이지. 뭐, 결국 예상대로 제대로 호흡을 맞추지 못하고 있지만."

"지금 막 적혈검이 새로운 주인을 맞았다 합니다."

"좋아. 계획대로 좀 더 판을 키워봐. 기왕 많은 돈이 들어간 것이니 쓸만한 놈들을 건져야지."

"존명!"

†

무림맹은 천마신교의 중원 침입에 대비하여 만들어진 중원 무림의 연합체로 시작했으나, 시간이 지난 지금은 정파무림의 연합체가 되어 있었다.

사파가 몰락하고 정파와 마도로 구분되는 시대인지라 문제가 될 것은 없었다.

정작 문제가 되는 것은 구파일방과 오대세가간의 알력 다툼이었다.

전통의 구파일방과 이젠 정파무림의 중심이 되려하는 오대세가 간의 기싸움은 어마어마한 것이었다.

덕분에 신교가 움직이자 곧장 무림맹을 결성시켜놓고서도 제대로 자리를 잡지 못하고 있었다.

맹주의 자리에서부터 각종 이권까지 해결해야 할 것들이 너무나도 많았고, 양쪽세력 모두 양보를 하지 않으려 했다.

어찌 보면 당연한 일이었다.

수십 년의 평화기간 동안 힘을 키워온 두 세력이고 천마신교란 존재로 인해 서로 간의 다툼을 억지하고 있었는데, 이젠 그럴 필요가 없어지니 자연스레 다툼이 일어나는 것이다.

구파일방과 오대세가의 영역이 겹치는 일은 대단히 많았고, 구파일방의 속가제자들이 세운 문파와 마찰을 겪는 일도 많았다.

그것은 반대로도 마찬가지인지라 결국 서로간의 자존

심 싸움으로 번져 어느 한쪽도 굽히려 하질 않았다.

"이대로는 대응할 수 있는 일도 대응하지 못하게 되겠소. 임시로 구파일방의 무인들을 청룡대. 오대세가의 무인들을 백호대라 구분 짓고 귀주에서 벌어진 일을 제압해야 한다 생각하오."

결국 더 이상의 회의를 견디지 못한 창천검왕(蒼天劍王) 남궁세준의 선언에 회의장이 일순 조용해진다.

아무리 사이가 나쁘다곤 하지만 칠왕의 수장이라 불리는 그의 말을 쉽게 무시 할 순 없는 것이다.

"동의하는 바이오. 이대로라면 귀주가 아닌 무림에 고작 검 하나 때문에 혈란이 일어날 수도 있는 일. 최대한 빨리 일을 정리할 필요가 있소이다."

창천검왕의 말에 동의하고 나선 것은 화산의 매화검선(梅花劍仙)이었다.

같은 칠왕의 일인인 그가 납득을 하고 나서자 일사천리로 일이 풀려나가기 시작했다.

말이 좋아 일이 풀리는 것이지 실상은 무림맹이란 깃발만 함께 쓸 뿐 구파일방과 오대세가의 무인들이 따로 움직이는 것이니 두 세력이 움직이는 것과 같았다.

또한 이런 식으로 나뉘자 서로 간에 뒤질 수 없다는 경쟁심 때문인지 빠른 속도로 청룡대와 백호대가 구성되고 거의 동시 귀주를 향해 움직였다.

하지만 그들에 앞서 먼저 움직이고 있는 이들이 있었
으니.

중원의 볼일을 마치고 곤륜으로 복귀하던 곤륜삼성(崑
崙三星)과 사천당가의 독아쌍인(毒牙雙人)이었다.

곤륜삼성은 곤륜의 미래라 불릴 정도로 뛰어난 실력과
인품을 바탕으로 무림에 그 이름을 크게 알리고 있는 세
사람을 말하는 것이었고, 독아쌍인은 당가에 드문 쌍둥이
형제였다.

독과 암기를 사용하는 합격술은 무림에서도 일절이라
불릴 정도였다.

무림맹이 나섰다는 소식을 들은 천마신교에서도 그냥
있지 않았다.

자색만마대(紫色萬魔隊)의 두 개 조를 투입했다.

모두 다섯 개의 무력부대로 이루어진 천마신교에서 자
색만마대는 서열 사위의 조직이었으나, 그 힘과 실력은
무림 어디에 내놔도 뒤지지 않을 정도였다.

그런 자색만마대의 두 개 조라면 어지간한 대형문파
정도는 하루 만에 쓸어버릴 수 있을 정도의 역량을 지닌
자들이었기에 소문이 돌기 시작하자 무림의 모든 시선이
귀주로 향했다.

250

이곳에서 벌어지는 일이 무림의 미래를 결정할 것이 분명했다.

하지만 누구도 몰랐다.

이들 모두가 스스로 죽음을 향해 뛰어들고 있는 부나방과 같은 존재란 사실을.

NEO ORIENTAL FANTASY STORY

第10章.

亂氣武林 난검무림

第 10 章.

　장헌이 준 단환을 먹고 완벽하게 기맥을 치료한 태현
은 단환의 효과에 놀라지 않을 수 없었다.

　그가 준 것이니 만큼 보통의 물건이 아니라 생각은 했
지만 설마하니 벌모세수(伐毛洗髓)를 받은 것처럼 온 몸
의 노폐물이 배출되고 기맥이 깨끗해지며, 더 넓어지고
튼튼해질 것이라곤 생각지도 못했다.

　꼬여버린 기맥을 치료하는 것만으로도 충분하다 생각
했었기에 더욱 놀라웠다.

　"이건 정말 놀랍군."

　마치 새로 태어난 것 같았다.

똑같은 내공을 옮기는데도 이전과 비교 할 수 없을 정도로 빠르게 반응을 했으며, 거의 한계까지 내공을 끌어 올려도 어디 하나 아프지 않았다.

'정말 귀한 것을 주셨구나. 기회가 된다면 꼭 보답을 해야 하겠어.'

다시 한 번 신의가 있는 호암산을 향해 고개를 숙여 인사를 한 태현은 그날 바로 짐을 정리해 진양표국을 떠났다.

폐관실에 들어간 지 얼마 되지 않았다고 생각했는데 열흘이나 되었다고 하니 깜짝 놀랐다.

다행이라고 해야 할 지 아직도 귀주의 일은 진행 중이었고, 태현이 개입할 여지는 많이 남아 있었다.

뿐만 아니라 이번 기회에 진양표국과의 인연을 끊음으로서 표국의 안전을 도모할 필요가 분명 있었다.

"넌 더 있으라니까? 그곳에서 일을 배우면 네가 하고자하는 일에 더 큰 도움이 될 거다."

태현이 뒤를 보며 말하자 파설경은 크게 웃었다.

"캬하하하! 물론 그렇기는 한데, 아무리 생각해도 너희 두 사람이 없으면 심심 할 것 같단 말이지? 게다가 아직 힘조절을 제대로 못하니 그곳에 있어봐야 폐만 끼칠 것 같기도 하고."

"그렇다고 날 따라나서는 건 무모하다. 자칫 목숨을 잃을 수도 있어."

"내 몸은 내가 알아서 챙겨. 필요하면 두 사람 다 버리고 나부터 도망갈 테니 걱정 마시지?"

"후⋯."

또박또박 받아치는 그녀의 말에 태현은 긴 한숨을 내쉬며 인정해야만 했다.

이젠 어느 정도 겪어봐서 안다.

모르는 척 달려가도 끝가지 쫓아올 성격이라는 것을.

게다가 자신의 말이라면 특히 잘 듣질 않으니.

'애초에 내가 설득하는 것이 아니었어.'

후회는 뒤늦은 법.

일단 함께하기로 결정을 내리자 세 사람은 빠른 속도로 귀주로 향했다.

항주에서 귀주로 가는 가장 빠른 방법은 배를 타고 광서성의 항구도시 북해(北海)로 가서 말을 타고 북상하는 것이었다.

다시 한 번 배를 탄다는 이야기에 파설경은 배에 오르는 그 순간까지도 따라가는 것과 기다리는 것을 두고 번뇌해야 했다.

적혈검 하나 때문에 귀주성은 무림인들로 미어터질 정
도가 되었다.

평소에도 귀주성은 그 지역의 특성상 딱히 내세울 것
도 없고, 상인들도 길이 험해 귀주를 피해가는 것을 선호
하다 보니 상업시설이 부족했는데, 이번의 영향으로 무림
인들뿐만 아니라 상인들까지 몰리면서 각 마을마다 크게
붐비고 있었다.

문제가 있다면 무림인들이 모이면서 발생하는 사건사
고가 끊이질 않는다는 것이다.

처음엔 돈을 크게 벌 수 있다는 생각에 무림인들을 환
영했던 귀주의 상인들도 지금에 이르러선 빨리 사라져주
길 원하고 있었다.

하루가 멀다 하고 칼부림을 부리니 무서워서 밖을 다
닐 수가 없었던 것이다.

그래도 상인들은 돈이라도 벌어서 다행이지 일반 백성
들은 그저 생계를 위해 움직이면서도 공포에 떨어야 했
다.

일반인들에겐 삼류무인조차 쉬이 볼 수 없는 입장인
것이다.

현재 귀주에서 가장 많은 무림인들이 모여 있는 곳을
꼽으라면 육반수(六盤水)라 불리는 도시로 어림잡아 수천

258

에 이르는 무림인들이 집결되어 있는 것으로 알려져 있었다.

이유는 하나였다.

적혈검의 주인들이 인근의 산에서 벗어나질 않고 있는 것이다.

그것이 벌써 열흘.

귀주 곳곳을 돌아다녔던 적혈검이 그곳에서 머물자 사람들이 처음엔 좋다고 달려갔지만 시간이 흐르자 뭔가 이상함을 느끼기 시작했고, 얼마 지나지 않아 소문하나가 퍼졌다.

인근에 사혈검선의 숨겨진 비고가 숨어 있을 것이라고.

그제야 사람들은 무릎을 치며 이것이라 생각했다.

그렇지 않고서야 이곳에 머물고 있을 이유가 없는 것이다. 뿐만 아니라 몇 번이나 검의 주인이 바뀌었음에도 이곳을 떠나지 않는 것은 검 어디에 비고로 향하는 장보도가 있을 것이란 이야기까지 흘러나왔다.

소문이 진실인지 아닌지는 다들 관심이 없었다.

중요한 것은 적혈검과 함께 사혈검선의 독문무공을 얻을 수 있는 절회의 기회가 왔다는 것이다.

적혈검의 뒤를 쫓는 자들과 검보다 비고를 찾는 것을

우선시하고 움직이는 자들로 나뉘기 시작했다.

인근에 있다는 것을 알아낸 이상 굳이 검이 없더라도 사혈검선의 비고를 찾아 낼 수 있다 판단한 이들이 많은 것이다.

육반수 인근에 있는 산과 계곡마다 사람들이 몰려들었고, 이곳저곳을 헤집고 다니느라 산천의 씨가 마를 지경이었다.

"으으…."

죽은 사람의 시신을 보며 파설경은 당장이라도 눈을 피하고 싶고, 토하고 싶었지만 용케도 참아냈다.

다른 사람들에게 이야기하진 않았지만 어린 시절 가문이 무너지고 많은 사람들이 죽는 것을 두 눈으로 보았었던 때가 있다.

그때와 비교한다면 차라리 지금이 나을 지경이다.

적어도 아는 사람은 아니었으니까.

매일 웃으며 이야기 했던 사람의 처참한 시신을 보는 것은 결코 쉬운 일이 아니었다.

"엉망이로군. 죽은 지는… 두 시진 정도인가?"

"계획적이네요. 토끼몰이를 하듯이 한곳으로만 무림인들을 모으고 있어요. 아무리 욕심이 나도 그렇지 왜 이걸 모르고 있는 것들인지…"

고개를 흔들며 이해되지 않는다는 듯 선휘가 이야기하자 파설경이 옆으로 붙으며 입을 연다.

"욕심은 사람의 눈을 멀게 하니까. 한 발만 물러서도 될 일인데 욕심은 그 한 발을 물러서게 하지 못하게 해. 이곳에서 죽은 사람들 역시 그런 것이겠지. 으으…"

말을 하면서도 징그러운 듯 신음을 흘리는 그녀.

두 여인이 이야기를 나누는 사이 태현은 주변을 살핀다.

시신의 대부분은 자신들끼리 싸우다가 죽은 것이 분명했지만 중간 중간 비슷한 흔적의 상처가 있는 시신들이 존재했다.

상처라는 것은 때론 많은 것을 이야기해준다.

특히 무림인의 상처라는 것은 더욱 그러하다.

어떤 특성의 무공에 당한 것인지를 가르쳐 주니까.

태현이 발견한 자들의 시신은 하나 같이 단박에 죽임을 당한 것은 같지만 상처의 형태가 더러웠다.

더럽다는 것은 깨끗하게 검을 쓰지 않고 찌르거나 베면서 검을 비튼다는 것이다.

한 둘이 아닌 전부가 그렇다는 것은 같은 무공을 익혔다는 뜻이고, 상처마다 약간씩의 차이가 나니 한 두 사람이 아니라는 뜻이다.

그렇게 한참을 시신들을 살피며 정보를 알아낸 태현이 일행을 데리고 산을 오른다.

산을 오르는 내내 많은 이들이 죽어 쓰러져 있었다.

때론 큰 상처를 입고 아는 이들의 몸에 기대어 마을로 돌아가는 자들도 종종 눈에 띈다.

"소문처럼 이곳에 사혈검선의 비고가 있는 걸까? 멍청이가 아니고선 다른 사람의 눈에 잡히면서까지 비고가 있는 곳을 배회하진 않을 거 아냐."

"그렇지. 비고라는 것도 감춰져 있어야 비고인 것이지 드러난다면 더 이상 비고라 부르기 어렵지."

"결국 그 정체도 알 수 없는 놈들의 함정이란 소리네?"

파설경의 물음에 태현은 고개를 끄덕이다 일순 움직임을 빠르게 가져간다.

눈 깜짝할 사이 사라져 버린 태현.

그가 다시 모습을 나타낸 것은 일각이 채 흐르기 전이었다.

꽈당!

적의 무인과 함께 말이다.

"묻는 말에 대답만 잘해도 살려주지."

검을 목에 가져대 대며 살기를 흘리는 태현.

하지만 그는 오히려 눈을 감은 채 어떤 움직임도 보이지 않고 있었다.

마혈을 짚어 움직이지 못하게 해놓았기에 자결을 하지 못하고 있지만, 자신의 입을 결코 열지 않겠다는 의지가 보인다.

툭툭.

아혈을 풀었음에도 입을 열지 않는 적의무인.

그에 태현은 혈 몇 군데를 더 눌렀고, 그 순간.

"읍!"

눈을 크게 뜨며 신음을 흘리는 그.

그것도 잠시.

이를 악물며 신음조차 흘리지 않으려는 모습에 감탄하면서도 태현은 다시 혈 몇 군데를 더 누른다.

분근착골(分筋錯骨).

제 아무리 고통에 익숙해진 이라도 쉬이 버틸 수 없다는 극악의 고문방법이 실행되었지만 그는 입을 열지 않았다.

고통은 점점 심해져 두 눈에서 피눈물이 흐르기 시작했음에도 그는 끝내 입을 열지 않는다.

"와, 독한 놈이네."

무슨 방법인지 모르지만 분명 어마어마한 고통이 주어

지고 있을 것이라 짐작하면서도 끝내 입을 열지 않는 적을 보며 파설경은 크게 놀라고 있었다.

우득, 우득–!

마침내 근육이 한계를 벗어나며 관절이 도저히 돌아갈 수 없는 곳으로 돌아가기 시작한다.

기절하지 못하도록 하고 있기에 차라리 입을 여는 것이 나을 것인데도 끝내 입을 열지 않는 그를 보며 태현은 어쩔 수 없다는 듯 사혈(死血)을 짚었다.

덜썩.

"고문을 더 한다고 해서 입을 열 수 있을 것 같진 않아. 다른 놈들도 마찬가지일 테니 결국 남은 것은 적혈검을 빼앗아서 처리하거나 무림인들의 시선을 돌리는 것 뿐인데…."

두 가지 모두 현실성이 크게 없는 것이다.

적혈검을 노리고 달려든 이들이니 만큼 쉬이 물러설 리 없을 뿐더러, 시선을 돌리는 것도 적혈검에 상응하는 것이 있어야 가능할 것 같았다.

말로선 도저히 설득이 되지 않을 터다.

말로 설득이 가능할 것 같았다면 죽음을 도외시하며 이곳에 달려들진 않았을 테고.

그렇게 태현이 고민하고 있을 때였다.

"잡아라!"

"저쪽으로 달아났어!"

요란한 소리와 함께 태현이 있는 곳을 향해 늙은 사내가 달려오고 있었다.

품에 적혈검을 소중이 안고서.

그것을 확인한 태현의 얼굴이 미소가 서린다.

'이런걸 보고 복이 굴러 들어왔다고 하는 건가?'

†

"흠… 이제야 때가 된 것인가."

중년인이 높이 솟은 산의 정상에서 아래를 바라보며 중얼거린다.

산 밑에서 불어오는 강한 바람은 당장에라도 중년인을 날려버릴 것 같지만 그의 옷자락 하나 날리지 않는다.

"철혈기(鐵血氣)가 드디어 완성되었다!"

쩌렁-!

산 전체에 크게 울리는 그의 목소리!

목소리에 담긴 강력한 내공은 산을 무너트리기에 부족함이 없었다.

우르르릉!

비명을 내지르며 무너져가는 산!

"천하는 철혈의 이름 아래 하나가 될 것이며 새로운 주인을 맞이하게 될 것이다!"

하늘을 향해 소리 지르는 그.

휘리리릭!

그의 신형이 하늘 높이 치솟아 오른다.

마치 하늘 끝까지 올라가겠다는 듯 오르던 그의 신형이 지면을 향해 반전하고.

"내가 바로 하늘이다!"

그의 신형이 사라졌다.

그 어디에도 흔적을 남기지 않고.

"팔영을 소집하라!"

"명."

사내의 불음에 어둠속에서 대답이 들려온다.

흔적도 없이 사라졌던 중년인.

과거 칠성좌의 막내 일권무적(一拳無敵) 황여의라 불렸던 철무진이 당당히 기세를 피워 올린다.

채 일각이 되기 전에 임무를 나간 팔영을 제외한 자영, 청영, 녹영이 안으로 들어와 오체투지한다.

지금까지와 전혀 다른 기세를 내뿜고 있는 주인을 보

며 그들은 깨달았다.

드디어 세상에 나갈 때가 되었다는 것을.

"세상에 나갈 것이다."

짧고 굵은 한 마디.

"존명!"

짧지만 힘찬 대답.

많은 말은 필요 없다.

"모든 팔영을 불러들여라. 이 시간부로 모든 계획을 취
소하고 세상에 나갈 준비를 시작한다!"

"존명!"

펄럭-!

자리에서 일어난 그가 벽에 걸린 흰색의 깃발을 향해
걸어간다.

그 어떤 것도 써져 있지 않은 순백의 천.

깃발 앞에 서자 기다리고 있었던 듯 허공에서 한 사람
이 모습을 드러내더니 묵이 가득 묻은 붓을 건네곤 사라
진다.

'저, 저런 자들이 있었나?'

이제까지 조금도 눈치 채지 못했다.

절로 흐르는 식은땀.

허나 더 깊이 생각할 여유를 주지 않겠다는 듯 철무진

이 붓을 휘두른다.

일필휘지(一筆揮之)!

단박에 써내려가는 세 글자!

철혈성(鐵血城)!

"이것이… 우리의 이름이 될 것이다."

NEO ORIENTAL FANTASY STORY

第11章.

亂劍武林 난검무림

第 11 章.

어렵지 않게 적혈검을 차지한 태현은 곳곳에 흔적을 남기며 몸을 움직였다.

이곳은 놈들이 무슨 짓을 벌여놓았을 지 모르는 장소이니 최대한 이곳을 벗어날 생각이었다.

"새로운 놈이 검을 주웠다!"

"쫓아! 절대로 놓치지 마!"

컹컹컹!

개를 동원한 자들도 있는 것인지 소란스럽다.

하지만 정작 검을 가지고 도망 다니고 있는 태현의 얼굴엔 여유가 가득했다.

스릉–.

달리는 와중에 검을 꺼내어 본다.

사람을 홀리는 예기를 뿜어내는 적혈검은 대충 보기엔 천하에 둘도 없는 명검과도 같았지만…

"가짜로군."

"가짜?"

열심히 달리며 묻는 파설경.

처음엔 일부러 흔적을 남기며 달렸었지만 아직 경공에 능숙하지 못한 파설경이 연신 흔적을 남기는 것을 보고 아예 태현과 선휘가 흔적을 남기지 않고 이동하고 있었다.

"꽤 좋은 검이긴 하지만 진짜는 아니야. 진짜 적혈검이라면 내 청홍과 비슷했겠지."

"아…!"

단숨에 이해가 된다.

무기에 대해 잘 모르는 설경이 보기에도 태현의 청홍은 그 가치를 알 수 없을 정도였다.

검 스스로 빛이 난다고 할까?

그런데 반해 다시 적혈검을 보니 그런 느낌이 전혀 없었다.

"계속해서 사람이 쫓고 쫓기다 보니 이 정도만으로도

충분히 착각을 하고도 남음이 있지. 시간을 두고 확인 할 수 있었다면 금방 가짜라는 것을 알 수 있을 텐데 말이야."

"도망가지 않고 겁부터 확인했으면 될 일이었네."

"보물은 혼자만 감상하고 싶은 법이니까."

태현의 말에 코웃음 치는 그녀.

그렇게 태현들은 점차 혈영이 설치해둔 함정과 거리가 먼쪽으로 사람들을 유도하고 있었다.

"어떤 놈들이 방해를 하고 지랄이야!"

갑작스런 사건에 이를 가는 적영.

다 완성된 작전이다.

이제 남은 것은 마무리뿐인데 엉뚱한 놈이 나타나 계획을 망치고 있었다.

"얼마나 따라 갔지?"

"아직 많지는 않습니다. 하지만 곧 그 수가 늘어날 것은 뻔합니다."

"…비고를 개방해."

"비고를 말입니까?"

"어떤 놈인지 모르겠지만 이곳을 빠져나가기 전에 비고를 찾았다는 소리를 듣는다면 그곳으로 갈 수밖에 없을

거야. 어차피 눈이 먼 놈들이 많으니 한번에… 쾅. 알겠
어?"

"명!"

적영의 명령에 그 수하들이 빠르게 움직이기 시작한
다.

"제길! 대체 비고가 어디에 있는 거야? 이거 없는 거 아
냐? 아니면 적혈검이 있어야 한다든지 말이야."

우혁은 물이 흐르지 않는 계곡을 뒤지다 말고 불평을
털어놓는다.

욕심에 눈이 멀어 단숨에 달려오긴 했지만 돌아가는
상황이 삼류에 겨우 미치는 자신의 실력으론 적혈검을 구
경하지도 못할 것 같았다.

그럴 바엔 비고를 바로 찾자는 생각에 나선 것인데…

아직까지 소득이 없으니 답답하기만 한 것이다.

"젠장!"

퍽!

홧김에 발로 찬 돌이 힘차게 절벽과 부딪친다.

헌데.

스슥.

절벽에 부딪쳐 튕겨 나와야 할 돌이 절벽 안으로 사라

274

졌을 뿐만 아니라 순간적이지만 공간이 크게 일그러졌다
원래의 모습을 찾았다.

"진법!"

우혁의 얼굴에 희열감이 가득 차는 그 순간.

우르르릉…!

땅이 흔들리기 시작하고 불길한 예감이 그를 사로잡는
다.

"뭐, 뭐야?!"

바닥에 납작 엎드리려는 그 순간.

콰앙-!

쿠아아아!

쏴아악!

굉음을 터트리며 분명 물이 흐르지 않던 계곡으로 어
마어마한 양의 물이 쏟아져 나오기 시작했다.

"이런 젠장…."

푸확-!

우혁이 물에 휩싸인다.

자신을 덮치는 거대한 물줄기가 우혁이 살아서 본 마
지막이었다.

물이 흐르지 않던 계곡에서 갑작스레 흘러나온 어마한
양의 물은 사람들의 이목을 이끌기 충분했다.

그렇지 않아도 비고를 찾기 위해 나섰던 사람들이었기에 냄새를 맡고 달려오는 자들이 한 둘이 아니었다.

"흐흐, 흐하하하! 찾았다! 나부터 들어간다!"

우혁이 가장 먼저 찾았던 동굴의 입구이지만 죽은 자는 말이 없는 법.

결국 가장 먼저 다시 동굴을 찾은 사내가 웃음을 터트리며 동굴 안으로 뛰어들었고 그 뒤를 다른 사람들이 달려들었다.

"비켜!"

"으하하! 사혈검선의 비보는 내가 차지한다!"

순식간에 엉망이 되어버리는 계곡.

비고의 발견 소식은 금세 주변으로 퍼져나간다.

"비고를 찾았다!"

누군가의 외침과 함께 태현의 뒤를 쫓던 이들 중 대다수가 빠른 속도로 발걸음을 돌린다.

적혈검 보다 사혈검선의 무공을 노리는 자들이었다.

"늦었나?"

어떻게든 이곳을 빠져나가려 했지만 놈들이 그보다 빠르게 움직였다.

자신이 이곳을 벗어나려 한다는 것을 깨달은 순간 비

276

고의 위치를 개방한 것이 분명했다.

그렇지 않고서야 이렇게 공교로운 순간에 알려질리 없다.

'거기에 신기할 정도로 큰 목소리가 산 곳곳에 울려 퍼진단 말이지. 혈의… 아니, 적의. 그 말은….'

그제야 떠오르는 석산에서의 기억.

"그래, 적은 백영 한 놈이 아니었지. 분명 있었어. 붉은 놈들도."

"사형?"

갑작스레 발걸음을 멈춘 채 중얼거리는 태현.

태현은 선휘와 파설경을 번갈아 보곤 말했다.

"지금부터 너희가 이걸 맡아. 아무래도 난 저쪽으로 가 봐야 할 것 같아. 비고가 발견된 이상 이쪽을 쫓는 자들은 극히 적을 테니… 괜찮겠지?"

"네. 맡겨주세요."

"부탁하지."

팟-!

적혈검을 선휘에게 건네자마자 몸을 날려 사라지는 태현.

그 뒷모습을 바라보던 선휘가 아직도 상황을 파악하지 못한 파설경의 어깨를 두드렸다.

"가요. 아직 우리가 해야 할 일이 남았어요."

†

태현의 생각보다 상황은 심각했다.

비고의 입구를 두고 사람들이 치열한 싸움을 벌이고 있는 것이다. 그 대부분은 실력이 없는 자들이었지만 이미 죽은 자들이 수십.

태현이 나서려는 순간이었다.

"멈춰라!"

펄럭―!

내공을 가득 실은 목소리가 계곡에 울려 퍼지고.

거대한 깃발을 앞에 내건 일단의 무리가 모습을 드러낸다.

"무림맹이다!"

"백호대다!"

"저기 청룡대도 온다!"

무림맹의 등장이었다.

따로 움직였음에도 불구하고 거의 동시 계곡에 도착한 청룡대와 백호대.

결코 사이가 좋다고 볼 순 없지만 그렇다고 다른 사람

들이 있는 곳에서 싸울 생각은 조금도 없었다.

자신의 명성을 깎아 먹으면 깎아 먹었지 결코 득이 되지 않는 일인 것이다.

"무림맹의 이름으로 이곳의 봉쇄하겠소이다! 무림의 혈난을 막으려는 것이니 무림 동도 여러분들의 협조를 부탁드리겠소이다!"

"으으…!"

횡포와도 같은 말이었으나 누구하나 나서서 막아서는 이가 없었다.

당연한 일이다.

무림맹은 정파 무림의 기둥인 구파일방과 오대세가가 연합하여 만들어진 세력이다.

다시 말해 그들과 척을 지고 싶지 않은 이상 저들의 부탁의 방자한 명령을 들을 수밖에 없는 것이다.

누구하나 방해하지 않자 무림맹 무인들이 나서서 비고의 입구를 막아서기 시작했고, 방금 전까지만 해도 서로를 향해 칼을 가누었던 자들은 이를 악물며 물러선다.

"누구 마음대로 비고를 차지하겠다는 것인가? 엄연히 먼저 온 자들에게 우선권이 있음이니! 무림맹의 도의도 땅에 떨어진지 오래로구나!"

"처, 천마신교!"

"자색만마대다!"

우르르-.

그들의 등장과 함께 순식간에 길이 비워진다.

무림맹이 나타났을 때도 하지 않던 일이다.

허나, 자색만마대에 대해 조금이라도 알고 있는 사람이라면 어쩔 수 없는 선택이었다.

앞을 막아선 누구도 용서치 않는다 알려진 것이 바로 그들이었으니까.

실제 오십 년 전의 정마대전에서 자색만마대는 자신들의 앞을 막아섰다는 이유 하나만으로 당시 무림맹의 현무대와 정면으로 충돌했고, 막대한 피해를 입으면서까지 결국 길을 만들었다.

그때의 처참했던 전장은 아직까지도 회자될 정도였다.

이번에 자색만마대를 이끌고 나온 사람은 자색만마대의 부대주 광혈도(狂血刀) 초지량이었다.

"난 자색만마대의 부대주 광혈도 초지량이다! 무림맹의 대표는 누구인가!"

"광혈도다!"

"단신으로 학검문을 괴멸시켰다는 그?!"

정체를 밝히자 주변이 소란스러워진다.

그만큼 광혈도에 대한 소문이 널리 퍼진 까닭이다.

천마신교가 조용하다곤 하나 마도인들 개개인까지 조용했던 것은 아니다.

간혹 밖으로 나와 자신의 이름을 날리고 사라지는 자들이 있었는데 광혈도 역시 그런 자들 중 한 사람이었다.

"광혈도라⋯."

백호대주 북검(北劍) 모용세정은 광혈도의 등장에 얼굴을 찡그렸다.

북검이란 별호를 얻으며 무림에서 꽤 이름을 날린 그이지만 광혈도와 비교하기엔 격이 좀 떨어지는 것을 스스로 알고 있었다.

문제는 백호대에서 가장 높은 배분과 실력을 지닌 것이 자기란 것이었다.

절로 시선이 청룡대로 향하고.

"아무래도 본인이 나서야 할 것 같소이다. 괜찮겠소?"

"부탁하오."

웃으며 말은 했지만 그 속은 쓰리다.

허나 어쩔 수 없었다.

상대가 다른 사람도 아닌,

"청성의 곽태라 하오. 무림에선 사일검(斜日劍)이라 불리고 있소."

"사일검 곽태다!"

"칠왕이다!"

"우와아아-!"

이젠 비고가 어찌되어도 좋은 것인지 사람들이 함성을
내지른다.

당연한 일이었다.

수많은 무림인들 중 칠왕의 자리에 오른 사람을 본 다
는 것은 결코 쉬운 일이 아니었다.

"칠왕? 재미있군. 묻겠소이다. 정녕 비고의 문을 막을
생각이오?"

"그렇소. 더 이상 무의미한 희생이 발생하는 것은 무림
맹이 바라는 바가 아니오!"

"호오? 그렇다면 먼저 들어간 무림맹 무인들은 어찌
되는 것이오?"

"그게 무슨?"

갑작스런 말에 당황하는 사일검.

자신들보다 앞서 움직인 자들에 대해, 들은 적이 없기
에 그의 시선이 뒤로 향했고 곧 한 사람이 달려와 귓속말
을 전한다.

"으음…! 설마 먼저 온 사람들이 있을 줄이야. 난감하
게 되었소이다."

사일검의 말은 사실이었다.

무림 평화를 내세우며 비고를 봉쇄하겠다는 것이 무림
맹의 뜻인데 이미 비고 안에 무림맹 무인들이 들어갔다면
반대로 무림맹에서 비고 안의 물건을 가지겠단 뜻이 되어
버리기 때문이다.

머릿속이 복잡해졌으나 결론은 쉽게 지어졌다.

"본인은 모르는 일이외다. 내가 받은 명령은 이곳을 봉
쇄하라는 것이었소."

상황이 어쨌든 마교가 날뛰는 것을 두고 볼 순 없는 일
이었다.

"후… 내가 그럴 줄 알았지."

웃으며 목을 꺾는 광혈도.

어느새 그의 몸에서 마기가 진득하게 흘러나오고 두
눈에 광기가 서리기 시작한다.

왜 그가 광혈도란 별호를 얻게 된 것인지 지금의 모습
만 보더라도 단숨에 알 수 있을 것 같았다.

어느새 일촉즉발의 상황이 벌어지자 정작 머리가 아파
진 것은 태현이었다.

어떻게든 싸움이 벌어지는 것을 막으려고 달려온 것인
데 설마 천마신교와 무림맹의 충돌로 번지게 될 것이라곤
생각지도 못한 것이다.

작은 문파끼리의 싸움만 하더라도 자존심을 걸고 움직이기에 치열하다.

헌데, 천마신교와 무림맹의 싸움이라면?

상상 그 이상이다.

마지막 정사대전의 이유가 정파 무인이 천마신교의 영역에서 오줌을 갈겼다는 말도 안 되는 이유로 벌어진 것이었으니까.

무림의 싸움이란 때론 말도 안 되는 것에서 시작되곤 했는데, 지금의 사안은 전혀 다른 문제였다.

수십 년간 충분히 힘을 비축한 두 세력이다.

'충돌하는 순간… 어느 한쪽이 무너지기 전까진 결코 멈추려 들지 않겠지. 게다가 놈들은 호시탐탐 기회를 노릴 것이고.'

그렇지 않아도 복잡한 머리가 더 어지러워진다.

"역시 마교 놈들과는 이야기가 잘 통하질 않는군."

"호…? 칠왕이라는 이름에 꽤 자신이 있는 모양인데, 본교에선 쪽팔려서 그런 이름을 못 붙이지!"

파앗!

쩌정!

광혈도와 사일검 두 사람을 시작으로 천마신교와 무림맹 무인들의 싸움이 일제히 시작되었다.

설마 싸움이 벌어질까 하던 사람들도 싸움이 벌어지자 깜짝 놀라며 뒤로 물러서기 급급했다.

당연한 일이다.

이 자리에 있는 대부분의 사람들은 삼류나 이제 겨우 삼류를 벗어나는 자들.

저들의 싸움이 휘말리면 개죽음을 당할 수도 있는 문제인 것이다.

와아아ー!

"가증스런 정파놈들!"

"뭐라는 거야, 더러운 마교 놈들이!"

카캉, 캉!

자색만마대의 위명은 과연 거짓이 아닌 듯 그들이 뿜어내는 마기는 굉장했다.

하지만 무림맹을 대표해.

구파일방과 오대세가의 정예들이 모여 만들어진 청룡대와 백호대 역시 만만치 않은 자들이었다.

'어떻게 한다?'

상황을 지켜보고 있던 태현의 머릿속이 복잡해진다. 문제는 자신이 나선다 하더라도 어찌 할 방법이 없다는 것이다.

힘으로 저들을 멈추는 것은 문제가 아니다.

하지만 자칫 큰 오해를 사버릴 수도 있었다. 재수 없으면 무림 어디에도 도움을 청할 곳이 없어져 버릴 수 있는 것이다.

그런데 그때였다.

"아, 미친놈들! 이게 뭐라고 이렇게까지 쫓아오는 거야! 꺼져!"

"적혈검을 내놔라!"

난데없는 소란과 함께 파설경이 적혈검을 가지고 모습을 드러낸다.

†

태현과 헤어진 뒤 선휘와 파설경은 적혈검을 찾는 이들을 따돌리기 위해 이리저리 뛰어다녔다.

처음엔 좀 떨어져 나가나 싶더니 시간이 흐르자 점차 뒤를 쫓는 이들의 수가 많아지고 있었다.

"계집들이 가지고 있다!"

"쫓아! 오래가지 못할 거다!"

비고가 드러났음에도 불구 그녀들의 뒤를 쫓는 사람들이 많아진 것은 비고 안에서 분명 적혈검을 필요로 할 것이라 판단한 이들이 많기 때문이었다.

게다가 시간이 지날수록 이젠 삼류가 아닌 진짜 무공을 쓸 줄 아는 무인들이 튀어나오기 시작했다.

"받아요!"

뒤에서 빠른 속도로 따라 붙고 있는 몇 사람의 실력이 범상치 않다 판단한 선휘는 즉시 적혈검을 설경에게 던졌다.

"달려요! 저들은 내가 처리하고 다시 합류 할게요!"

"어, 어?!"

갑작스런 말에 놀라는 그녀를 두고 선휘는 몸을 돌려 빠르게 접근하는 자들을 향해 검을 휘둘렀다.

카카칵!

"계집이 어디서!"

카캉! 깡!

"나보고 어쩌라고!"

뒤편에서 들리는 요란한 소리에 비명 지르듯 소리를 내지르면서도 멈추지 않고 설현은 달렸다.

천력신공을 배우긴 했지만 이제 겨우 걸음마를 땐 것이나 마찬가지다.

타고난 힘이 있으니 삼류 무인들에게 당하진 않겠지만 수가 늘어나면 결국 밀리는 것은 그녀가 될 것이었다.

실력보단 경험의 문제인 것이다.

그것을 알기에 선휘는 최대한 빨리 해치우고 따라 붙으려 했지만 의외로 많은 이들이 에워싸는 바람에 쉬이 몸을 뺄 수 없었다.

다다다!

"대체 어쩌지? 어쩌지?"

검을 품에 안은 그녀는 당황한 채로 달리고 또 달렸다.

덕분에 이곳을 벗어나야 한다는 것도 잊고 멀리 눈에 보이는 계곡 쪽으로 발걸음을 옮기고 있었다.

체력이라면 누구에게도 밀리지 않을 자신이 있는 그녀이지만 끈질기게 따라 붙는 저들이 너무나 귀찮았다!

"꺼져, 이것들아! 여자한테 이겨서 좋냐?! 앙!"

"시끄럽고, 검이나 내놔!"

가장 앞에서 따라오며 소리 지르는 놈에게 재빨리 돌을 들어 던져버린 설경.

빠악!

엄청난 소리와 함께 쓰러지는 것을 확인하곤 다시 발을 놀린다.

그러는 사이 멀리 보이던 계곡이 모습을 보인다!

"저기다! 검을 뺏아!"

"아, 미친놈들! 이게 뭐라고 이렇게까지 쫓아오는 거야! 꺼져!"

거친 목소리와 함께 등장한 그녀에게 사람들의 시선이 모아진다.

처음엔 큰 키와 외모에.

나중엔… 그녀의 손에 들린 적혈검으로.

"이거 분위기가 요상하게 변해 가는데…?"

그녀라고 해서 분위기를 읽지 못하는 것이 아니기에 상황이 불리해짐을 느꼈다.

하지만 이대로 물러서는 것은 그녀의 자존심이 용납지 않는다.

가문이 망하고 개봉에 자리를 잡기까지 수많은 일이 있었다. 그때마다 그녀가 버틸 수 있었던 것은 결코 물러서지 않았기 때문이다.

지금도 마찬가지였다.

파설경이 웃으며 자신을 바라보는 사람들에게 말했다.

"알 깨지고 싶은 놈은 덤벼! 두 개다 깨버릴 테다!"

자신이 할 수 있는 최대한의 당당함을 내세우며 소리 지르는 파설경.

그녀에게 사람들의 시선이 집중된다.

"푸하하! 좋군, 좋아!"

멀리 산 위에서 이 모든 광경을 지켜보고 있던 적영은 스스로 함정으로 몰려드는 사람들을 보며 만족스런 박수를 쳤다.

힘들게 준비한 계획이 실패로 돌아가나 했더니, 처음 생각했던 것과 비슷하게 돌아가기 시작한 것이다.

"준비는?"

"다됐습니다. 하지만 아직 비고 안으로 들어 간 자들의 수가 적습니다."

"그건 시간을 두고 지켜보는 수밖에."

아쉬운 듯 입을 다시며 말하는 적영.

그때였다.

끼아아!

하늘 위에서 크게 우는 매.

붉은 줄을 발에 매달고 있는 녀석의 등장에 적영이 팔을 치켜들자 기다렸다는 듯 내려앉는 매.

사람의 손에 완벽하게 길이 든 전서응이다.

"무슨 일이지?"

작전 중에는 만약을 위해 되도록 연락을 주고받지 않

290

기로 되어 있기에 고개를 갸웃거리며 전서를 펼쳐든다.

즉퇴(卽退).

단 두 글자가 가진 뜻은 어마어마한 것이었다.

이유는 알 수 없지만 모든 계획을 중단하고 돌아오라는 뜻인 것이다. 그것도 지급으로.

전서의 한 가운데 찍힌 직인이 같은 팔영의 것이 아닌 주군. 즉, 철무진의 것이었다.

"허… 이제 마지막만 남았는데 퇴각이라니?"

도저히 믿을 수 없지만 선명하게 찍힌 직인은 가짜가 아니었다.

다시 말해 모든 계획을 포기하고 돌아오라는 것이다.

그것이 설령 수저만 들면 되는 잔치상을 눈앞에 두고서라도.

아픈 몸을 이끌고 나온 일이다.

이제 모든 일을 다 끝내났더니 복귀하라고 하니 적영의 입장에선 억울하고 미칠 지경이었다.

"…하! 모든 계획을 취소한다. 철수한다."

"예?!"

깜짝 놀라는 수하들.

그들도 마지막 단계만 남았다는 사실을 잘 알고 있는 상황에서 갑작스런 철수 명령이 떨어지자 놀라는 것이다.

"명령이다."

"존명!"

당황스럽지만 명령은 절대적인 것.

적영의 퇴각 명령에 따라 빠른 속도로 주변을 정리하고 퇴각 준비를 하는 수하들을 보며 멀리 사단이 벌어진 곳을 보며 적영이 아쉬운 듯 시선을 떼지 못한다.

"준비가 끝났습니다."

"후… 돌아간다. 이곳이 잠잠해지면 화약은 회수하도록."

"명!"

"쯧!"

혀를 차며 돌아선 적영의 신형이 사라진다.

†

워낙 갑작스런 상황이라 서로 간의 싸움도 완전히 멈춰버린 상황이었다.

게다가 당당히 외치는 말이 남자의 상징이라고 할 수 있는 알을 깨버리겠다는 것이었으니.

그 당당함에 자신도 모르게 손으로 사타구니를 가리는 사람이 있을 정도였다.

"허…!"

"이것 참!"

갑작스런 사태로 흥이 깨져버린 광혈도와 사일검이 서로 물러서자 기다렸다는 듯 두 세력이 본래의 자리로 돌아간다.

그 짧은 시간 서로 희생된 숫자가 제법 있었지만 크게 개의치 않는 분위기였다.

서로가 부딪쳤음에도 불구하고 이 정도로 끝났다는 것이 오히려 다행이라고 생각하는 쪽인 것이다.

상황을 뒤에서 지켜보고 있던 태현은 의도했던 것은 아니지만 싸움이 멈춘 지금이 좋은 기회가 보고 앞으로 나섰다.

"수고했다."

"앗! 이거 너 가져가! 이것 때문에 얼마나 귀찮았는지 알아?! 진짜 숫자만 적었어도!"

부리부리한 눈으로 자신의 뒤를 쫓던 사내들의 사타구니를 노려보는 설경. 그녀의 눈에 헛기침을 하며 슬쩍 뒤로 물러서는 자들이 한 둘이 아니다.

그만큼 농담으로 들리지 않았던 것이다.

적혈검을 받아든 태현은 그녀의 어깨를 두드려 주곤 앞으로 나섰다.

"본인은 과분하지만 얼마 전 무림신룡이란 이름을 얻은 태현이라 합니다."

"오오오! 무림신룡!"

"나이가 많지 않는 소문은 있었지만 진짜일 줄이야!"

사람들이 웅성거린다.

그만큼 혈마의 재림을 막아내고 종남을 구해낸 그의 행동은 무림에 큰 충격을 주고도 남음이 있었다.

심지어 천마신교의 무인들도 무림신룡이란 소리에 신기한 눈으로 바라보고 있었다.

"이 싸움은 무의미 한 것입니다! 우선 이 검. 적혈검은 가짜입니다!"

"뭐, 뭐?!"

"거짓말!"

순식간에 소란스러워지는 사람들.

더 소란스러워지기 전에 태현이 재빨리 말을 잇는다.

"직접 확인해 보시오."

휙—!

미련이 없다는 듯 검을 광혈도에게 던지는 태현.

검을 받아든 광혈도는 잠시 태현을 바라보다 곧 검을

꺼내 들었다.

예리한 빛을 발하는 검.

그 모습에 가짜일리가 없다며 웅성대는 사람들.

하지만 검을 직접 들고 있는 광혈도의 얼굴은 굳은 채 펴질 줄 몰랐다.

검을 뽑아드는 순간 그도 알 수 있었다.

겉보기엔 훌륭하지만 진짜 적혈검이 아니라는 것을.

스릉– 착.

검을 집어넣은 광혈도가 사일검에게 던진다.

사일검 역시 적혈검을 확인하곤 얼굴이 굳어진다.

그 역시 진짜가 아님을 알아차린 것이다.

"가짜로군."

사일검의 말에 광혈도가 고개를 끄덕이며 동의했다.

두 사람의 확인에 소란스러워지는 사람들.

"자네는 이 사실을 어떻게 알았나?"

심각한 목소리로 태현에게 묻는 사일검.

대답에 따라선 용납하지 않겠다는 그의 태도에 태현은 유연하게 손을 흔들며 대답했다.

"그렇게 과민하게 반응하지 않아도 됩니다. 아마… 저 뿐만 아니라 뭔가 이상하다는 것을 눈치 채고 이번 소동 에서 빠진 사람들이 있을 겁니다. 여러분들의 친우 중에도 분명 있을 겁니다. 그분들이 빠질 때 뭐라고 했는지 떠올려 보십시오."

"그러고 보니⋯ 곤이 녀석이 뭔가 이상하다며 손을 땠었지?"

"어? 내 친구도 분위기가 이상하다면서 발을 뺐는데?"

"그러고 보니 나도."

"나도."

하나 둘 이야기가 나오기 시작하자 사람들이 놀란 듯 태현을 보았다.

"쉬운 이야기 입니다. 정신을 차리고 한 발만 뒤로 물러서면 쉽게 알 수 있었던 것이지요. 욕심에 눈이 멀어 그 한 발을 물러서기 어려웠던 여러분들은 쉽게 알 수 없었을 것입니다."

"중간에 검을 바꿔치기 한 것인지 우리가 어떻게 알겠소!"

"옳소!"

"당신이 무림신룡이란 증거도 없지 않소이까!"

역시 아직도 욕심을 버리지 못한 사람들이 소리치기 시작했다.

하지만 그것도 잠시였다.

우우웅!

어느새 몸에서 강렬한 기세를 흘려 내는 태현.

그 압도적인 기세에 무림신룡이 아니라 외쳤던 자의 입이 쏙 들어간다.

아니, 광혈도와 사일검의 표정도 변한다.

짧은 순간이었지만 왜 그가 무림신룡으로 불리는 것인지 알 수 있었던 것이다.

"제 이름을 걸고 말 하건데. 조금의 거짓도 없습니다."

"으음…!"

심각해지는 사람들을 보며 이제 소란이 가라앉겠다는 판단을 내린 태현은 안도의 한숨을 내쉬었다.

"후…."

하지만.

쿠구구…!

구구구!

갑작스레 뒤흔들리는 땅!

강하게 덮치는 불안감과 함께.

비고의 입구로 알려져 있던 곳이 폭발했다.

굉음과 함께.

콰콰쾅!

멀리서 들려오는 굉음에 혈영이 만족스러운 듯 웃는
다.

비록 준비한 모든 화약을 터트린 것은 아니지만 적어
도 비고 안으로 들어간 자들은 모조리 죽임을 당했을 터
다.

"준비한 것이 아까워서라도 그 정도는 해줘야지. 안 그
래?"

"예."

적영의 물음에 고개를 끄덕이는 수하들.

하나 같이 후련하다는 표정이 역력하다.

모든 계획을 취소하고 후퇴하라는 명령이 떨어졌지만
아무리 생각해도 아쉽다는 생각에 적영은 비고라도 날려
버린 것이다.

"자, 무슨 일이 또 날 기다리고 있으려나?"

발걸음도 가볍게 적영이 앞으로 달려나간다.

†

갑작스런 폭발에 모든 이들이 크게 놀랐다.

특히 방금 전까지 비고에 들어가기 위해 싸웠던 광혈도와 사일검은 더욱 그랬다.

만약 저 안에 들어간 것이 자신이었다면 어떻게 해보지도 못하고 저 안에서 죽었을 테니까.

무인으로서 아무것도 해보지 못하고 죽는 것만큼 억울한 일도 없지 않은가.

"이거… 아무래도 자네의 설명이 필요할 것 같군."

비고가 날아간 것은 날아간 것이고.

희생은 안타까운 것이지만 지금의 상황을 설명해 줄 사람이 필요했다.

거기에 가장 적합한 것이 태현이었고.

광혈검과 사일검의 시선에 긴 한숨과 함께 태현이 고개를 끄덕인다.

여기서 물러설 순 없었다.

자칫 어마어마한 싸움 속에 휘말릴 수도 있는 민감한 문제인 것이다.

"괜찮다면 우리 쪽에서 먼저 이야기를 듣고 싶군."

"비고 안에서의 희생은 우리 쪽이 크오."

"으음…."

광혈검의 이야기에 사일검이 제지하고 나섰다.

그에 광혈검도 크게 반대 할 수 없었다.

비고 안에 들어간 신교 무인들은 없지만 반대로 무림맹에선 안에 들어간 사람들이 있었으니까.

하지만 이대로 물러서기엔 사안이 너무 중요했다.

가짜 적혈검과 화약이 사용된 것이 분명한 폭발한 비고.

무림에 좋지 않은 기운이 감지되고 있었다. 이럴 때는 조금이라도 더 많은 정보를 빨리 받아들여야 한다.

그것은 사일검 역시 마찬가지.

두 사람이 기세 싸움을 시작하려는 순간 태현이 먼저 입을 열었다.

"동시에 진행을 하도록 하지요. 중립지역에서 만나면 되지 않겠습니까? 저도 왔다 갔다 하며 두 번이나 이야기하는 것은 힘들기도 하고요."

"음… 어쩔 수 없군."

"받아들이지."

두 사람이 동의한다.

태현 역시 그들이 당연히 받아들일 것이라 판단하고 제안한 것이었다.

이런 일일 수록 신속한 정보가 필요하다는 것은 누구나 아는 사실이니까.

태현의 입장에서도 오가면서 이야기를 하는 것보단 편

했고, 이야기의 전달도 빼놓지 않고 할 수 있어 좋은 기회였다.

"그럼 어디서 보는 것이 좋겠습니까?"

태현의 물음에 서로를 바라보던 두 사람이 동시에 입을 열었다.

과거 두 세력 간 회의가 필요할 때마다 이용하던 곳.

"악양제일루(岳陽第一樓)."

外

NEO ORIENTAL FANTASY STORY

亂劍武姬
난검두림

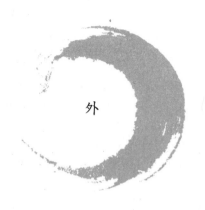

外

아침에 눈을 뜨면 가장 먼저 드는 생각은 오늘은 뭘 먹지였다.

아니, 어디서 먹을 것을 구할 수 있을 가, 였다.

아버지가 살아있었을 때는 그래도 풍족하진 않아도 배를 곯진 않아도 됐었다.

하지만 몇 달 전 병으로 아버지가 돌아가신 이후엔 모든 것을 혼자 힘으로 해야 했다.

"하아…."

한숨과 함께 몸을 일으키는 파설경.

그나마 다행이라면 아버지와 함께 만든 흙집이 아주

튼튼하다는 것과 사람들의 접근이 많지 않은 곳에 있다는 것이었다.

이곳에서 조금만 떨어진 곳에 파설경과 비슷한 상황에 처한 사람들이 마을을 이루며 살아간다.

그런 사람들에게 이런 집은 무척이나 매력적인 것일 테지만 워낙 외진 곳이라 다행히 찾질 않았다.

"오늘은 산으로 갈까?"

아직 어린 파설경이지만 힘은 웬만한 어른들보다 훨씬 더 좋았다.

'집안 내력 따윈 아무래도 좋지만….'

자신에게 주어진 힘이 천력파가라 불렸던 자신의 집안에 내려져오는 것이란 사실은 그녀도 잘 알고 있었다.

아버지가 돌아가시기 전에 가문에 대한 것들을 많이 알려주었기 때문이다.

참방, 참방.

아직 차가운 개울을 건너 사람들이 잘 찾지 않는 산에 올랐지만 아직 봄이 오질 않아서 인지 먹을 것이 많지 않았다.

"이래서 겨울이 싫어. 먹을 만한 것도 없고…."

겨울엔 먹을 수 있는 것이 무척이나 줄어든다.

약초는 고사하고 먹을 수 있는 나무뿌리를 구하는 것

도 어렵다.

결국 그날 설경은 빈손으로 산을 내려와야 했다.

"오, 이거 겉은 좀 그렇지만 안쪽은 굉장히 괜찮은데?"

"크하하, 이거 횡재했군."

"그러게 말이야. 오늘부터 이곳에서 지내면 되겠어."

집으로 돌아오자 난생 처음 보는 사내 두 사람이 집을 차지하고 있었다.

"나가요! 여긴 우리 집이에요!"

"응? 뭐야 이 계집은?"

"본래 여기 살던 애인가 본데? 그런데 제법 큰데?"

음흉한 눈으로 설경을 바라보는 두 사람.

아직 어린 설경이지만 집안 내력 덕분에 신체는 빠르게 성장해 성장한 여인들과 엇비슷해져 있었다.

"흐흐, 오랜만에 재미를 볼 수 있겠는데?"

"그러게 말이오."

스윽.

자리에서 일어서는 두 사람.

갑작스레 남자 두 사람이 다가서자 파설경은 깜짝 놀라며 뒤로 물러선다.

아버지가 살아있을 때는 간혹 집을 빼앗으려는 자들이 있었지만 돌아가신 뒤에는 처음 있는 일이었다.

혼자 해결해야 한다는 것을 알지만 아직 어린 그녀에겐 두려운 일이었다. 특히 성인 남자 두 사람을 상대해야 한다는 것이 두려움을 주고 있었다.

으득!

'이곳을 빼앗길 순 없어! 정신 차려! 넌 할 수 있어. 파설경! 정신 차려!'

스스로 입술을 깨물며 어떻게든 떨리는 몸을 진정시키는 파설경.

이곳은 아버지와의 추억이 서려있는 장소였다.

그리고 유일하게 자신의 몸을 쉴 수 있는 장소.

절대로 빼앗길 순 없었다.

"이익!"

마음을 단단히 먹은 설경은 다가오는 두 사내 중 왼쪽의 조금 호리호리한 쪽을 먼저 때리기로 마음먹고 주먹을 꽉 쥐었다.

아버지가 항상 싸움이 벌어지면 하는 말이 있었다.

"선수필승! 먼저 때리는 놈이 이기는 거다!"

"에잇!"

아버지의 조언대로 자세를 낮추며 있는 힘을 다해!

주먹을 내뻗었다.

뻐억!

"크아아악!"

갑작스런 공격에 비명을 내지르며 쓰러지는 사내.

어지간한 성인보다 뛰어난 힘을 지니고 있는 그녀를
얕본 대가는 어마어마한 것이었다.

"헉! 이 년이!"

동료가 쓰러지자 재빨리 달려드는 사내!

순간적으로 몸이 굳으려는 것을 재빨리 입술을 깨물어
막아낸 설경이 다시 한 번 자세를 낮추며 주먹을 내질렀
다.

뻐억!

"컥! 커컥!"

괴성과 함께 입에 거품을 물며 쓰러지는 사내.

두 사람 모두 쓰러진 채 입에 거품을 물고 있었는데 기
묘한 것은 하나 같이 사타구니를 손으로 부여잡고 있다는
것이었다.

"남자와 싸울 땐 무조건 한방에 끝낼 수 있는 비법이
있지! 바로 알을 깨버리면 되는 거야! 하나 깨진다고 죽는
것 아니까 있을 힘 것 쳐!"

"그러다 두 개 다 깨지면요?"

"응? 두 개가 있는 건 어찌 알았니? 뭐… 만약 그렇게 되면. 흐흐흐, 알 없는 놈이 되는 거지."

이 모든 것이 그녀의 아버지의 가르침이었다.

씩씩.

"덤비고 싶으면 덤벼! 알을 깨버릴 테니까!"

거친 숨을 쏟아내며 소리 지르는 파설경.

하지만 쓰러진 이들은 그 말을 듣지 못했다.

첫 실전에서 힘 조절을 못한 그녀의 주먹질에 알 없는 놈들이 되어버렸으니까.

그날 이후로도 간간히 그녀를 노리고 오는 놈들이 있었지만 그때마다 설경은 아버지의 가르침을 충실히 따랐다.

조금 더 성장한 이후엔 자신의 얼굴 때문에 귀찮은 놈들이 꼬인다는 것을 알았기에 일부러 진흙을 얼굴에 발랐고, 옷은 최대한 큰 것을 입어 몸을 가렸다.

그렇게 몇 년.

운 좋게 멧돼지를 사냥해 돌아와 보니 집을 기웃거리는 두 사람이 있었다.

사내와 여인.

좋지 않은 의도로 온 것은 아닌 것 같았기에 멧돼지를
내려놓으며 설경은 말했다.

"손님인가?"

그것이 태현과 선휘 그리고 설경 세 사람의 첫 만남이
었다.

〈4권에서 계속〉

天魔再生

천마재생

태규太규 무협 장편소설
ORIENTAL FANTASY STORY

사람의 형태를 한 재앙!
수라천마 장후, 그가 다시 태어나다.

자네는 그리 달라지지 않았군.

무림을 향한 복수만을 위해 살았던 그가
이번 생에는 무림을 지키기 위해 일어선다.
그의 두 번째 삶은 영웅(英雄)이 될 것인가?

미안하지만 우리가 악당이야.

여섯 개의 팔과 세 개의 눈을 가진 파멸의 제왕, 남장후.
그의 행보를 주목하라!

다들 그러다 죽는 거란다.